智慧之血

芙蘭納莉・歐康納

吳妍儀—譯

Wise Blood

by

FLANNERY O'CONNOR

獻給瑞吉娜

第二版作者序

《智慧之血》已經十歲了，仍然活著。我的批判力量只剛好足以確定這點，而我很感激能說出這句話。這本書是在高昂興致下寫完的，如果有可能，也應如此閱讀。這是本喜劇小說，講的是個情不自禁的基督徒，而嚴格說來，這是非常嚴肅的，因為所有稱得上有任何優點的喜劇小說，必然都關乎生死大事。《智慧之血》是由一個生來對理論無知，卻有特定關懷之事的作者所寫成。對某些人來說，對基督的信仰是生死大事，這點對於寧願視之為芝麻小事的讀者來說是個絆腳石。對他們來說，海索·莫茲的正直在於他用了這麼大的精力試圖擺脫心底那個在樹林間忽隱忽現的衣衫襤褸人影。對作者來說，海索的正直則在於他做不到這點。可有任何人的正直之處，是在於他做不到的事嗎？我想通常就是這樣，因為自由意志不表示專一的意志，而是許多意志在一個人的心中彼此衝突。自由不可能簡單孕育出來。這是個謎，而對一本小說——甚至一本喜劇小說——而言，我們也只能要求它加深這個謎。

一九六二年

1

海索．莫茲[1]以前傾之姿坐在綠絨布火車座椅上，這一分鐘望著窗外，一副可能要跳出去的樣子，下一分鐘又望向車廂另一頭的走道。火車正迅速穿過不時分開的樹頂，露出矗立在最遠處樹林邊緣的太陽，非常的紅。更近些的地方，犁過的田畫出弧線然後消逝，還有幾隻肉豬用鼻子頂著犁溝，看起來像是長了斑點的大石頭。坐在這節車廂，就在莫茲對面的瓦莉．蜜蜂．希奇卡克太太說，她認爲這樣的向晚時分是一天中最美的時刻，她還問他是不是也這麼想。她是個胖女人，領口跟袖口都是粉紅色，還有一雙從火車座椅上斜斜伸出卻碰不

1 Hazel Motes的姓氏典故來自《聖經，馬太福音》7: 3~5：「爲什麼看見你弟兄眼中有刺（mote），卻不想自己眼中有梁木呢？你自己眼中有梁木，怎能對你弟兄說：容我去掉你眼中的刺呢？你這假冒爲善的人！先去掉自己眼中的梁木，然後才能看得清楚，去掉你弟兄眼中的刺。」在書中他常被簡稱爲「海茲」（Haze），字面意義則是霧靄。

到地板的梨形雙腿。

他看了她一秒，沒有答話，接著身體就往前靠，再次瞪著車廂另一頭。她轉頭去看後面那裡有什麼，但看到的只有一個孩子在其中一個位子上四處張望，而在更遠的車廂末尾，有個車廂服務員打開了收床單的櫃子。

「我猜你是要回家。」她又轉回他這邊說道。在她看來，他沒超過二十歲太多，不過他腿上有頂硬梆梆的黑色寬邊帽，是鄉下老傳教士才會戴的帽子。他的西裝是扎眼的藍色，價格標籤還釘在衣袖上。

他沒有回答或把視線從正在看的不管什麼東西上移開。他腳邊的袋子是個軍用旅行袋，她認定他曾經當過兵又退役，現在正要回鄉。她想靠近以便看見那套西裝花了他多少錢，但發現自己反而瞇起眼看他的雙眼，幾乎像是要望進那雙眼睛裡面。那雙眼睛是胡桃殼色，深陷在眼窩中。他皮膚底下的頭骨形狀十分平坦而引人注目。

她覺得厭煩了，便硬是轉移注意力，瞇眼去看那價格標籤。這套西裝花了他十一塊九毛八。她覺得這就能看出他的身分地位，於是再次注視他的臉，好像她現在針對那張臉加強了防禦。他有個伯勞鳥喙般的鼻子，兩邊嘴角各有一條長長的水平皺紋；他的頭髮看似被那頂沉重的帽子固定成扁平狀，不過她注意得最久的，還是他的眼睛。那雙眼睛如此深陷，在她看來幾乎像是通往某處的通道，而她往前靠，越過分隔兩張座位的一半空間，設法要望進那雙眼裡。他突然間轉向窗口，然後幾乎同樣迅速再轉回原本凝望的地方。

他在看的是那個車廂服務員。他剛上車時，那服務員站在兩節車廂之間——一個體格厚實的男人，有顆渾圓的黃棕色光頭。海茲停下腳步，服務員目轉向他又飄開，指出他要去的是哪個車廂。但他沒有移動，服務員便說：「往左走，」口氣很急躁：「往左走。」海茲就走了過去。

「唔，」希奇卡克太太說：「沒有任何地方比得上家。」

他瞥了她一眼，看出她的臉很平坦，在一頭帽子似狐狸的紅棕色頭髮下顯得泛紅。她是在前兩站上車。在此之前他從未見過她。他說道：「我得去找那個服務員。」。他起身，走向車廂末端，那服務員已開始在那裡鋪起臥鋪。他在服務員身邊停下，靠著一個座位扶手，但服務員沒有看他。他正把一塊車廂隔板往外拉長些。

「你鋪好一個鋪位要多少時間？」

「七分鐘。」服務員這麼說，看都沒看他。

海茲坐在座椅扶手上。他說：「我從伊斯卓德來的。」

「那地方不在這條線上，」服務員說：「你上錯車了。」

「我要進城，」海茲說：「我說，我是在伊斯卓德長大的。」

服務員什麼都沒說。

「伊斯卓德。」海茲說道，這次又大聲些。

服務員把遮陽罩扯下。「你要我現在就把你的鋪位鋪好，還是你站在那裡是想要別的東西？」

「伊斯卓德，」海茲說：「靠近梅爾西。」

服務員把座椅的一邊扳平。「我是芝加哥來的。」他說著，把座椅另一邊也扳下來。他彎腰時，頸背鼓起三個凸塊。

「是啊，我猜你是。」海茲斜乜著眼說。

「你的腳踩在通道中央。會有人想從你旁邊過。」服務員說著，突然轉身擠過去。

海茲起身，在那裡停了幾秒。他看起來像是被一條綁在背部中央，然後連到車廂天花板的繩子給制住。他注視著服務員踏著踉蹌但控制得宜的步伐沿著通道走去，消失在車廂彼端。他知道這服務員是個姓巴倫的黑鬼，來自伊斯卓德。他回到自己的座位，弓起身子，低頭縮肩，一隻腳擺在從窗底通過的一條管子上。伊斯卓德填滿他的腦海，然後再往外延伸，填滿了從火車延伸出去，越過漸暗空曠田野的空間。他看到兩棟房子，鐵鏽色的道路和幾間黑人住的棚屋，那間穀倉，還有側邊貼著剝落的紅白兩色CCC嗅劑廣告的畜欄。

「你這是要回家嗎？」希奇卡克太太問道。

他不悅地望著她，同時抓住那頂黑帽的帽沿。「不，不是。」他用尖銳高亢、帶鼻音的田納西口音說道。

希奇卡克太太說她也不是。她告訴他，她結婚前曾是氣象預報小姐，她要去佛羅里達拜訪已經結婚的女兒莎拉·露西兒。她似乎是說她自己從來沒時間到那麼遠的地方旅行。而世事就是這樣，一件接著另一件發生，時間好像過得飛快，快到你分不出自己還年輕或是已經老了。

他想，要是她問起，他可以跟她說她是老了。過了一會兒，他不再聽她說什麼。服務員重回這段通道，沒再看他。希奇卡克太太忘了自己原本在說什麼。「我猜你正要去拜訪某個人？」她問道。

「去托金罕，」他說道，然後用力往椅子上擠，注視窗外。「我在那裡誰都不認識，但我要去辦些事。」

「我要去做些以前從沒做過的事，」他說著，對她斜眼一瞥，然後微微彎起嘴角。

她說她認識一個托金罕來的艾伯特．史帕克斯。她說那是她妯娌的連襟而且他……

「我不是托金罕來的，」他說：「我說我要去那裡，就這樣。」希奇卡克太太又開口說話，不過他打斷她，然後說：「那個服務員跟我在同一個地方長大的，但他說自己是芝加哥人。」

希奇卡克太太說她認識一個人，住在芝……

「妳去這裡或那裡都一樣，」他說：「我只知道這樣。」

希奇卡克太太說，嗯，時光飛逝啊。她說自己五年沒見到親妹妹的孩子了，要是見到他們，不曉得自己還認不認得出來。他們一共三個，洛伊、巴伯跟約翰．衛斯理。約翰．衛斯理六歲大，他曾經寫過一封信給她，親愛的媽媽娃娃。他們叫她媽媽娃娃，叫她丈夫爸爸娃娃……

「我猜想妳認為自己得到救贖了。」他說道。

希奇卡克太太抓住她的衣領。

「我猜想妳認為自己得到救贖了。」他重複道。

她臉紅了。片刻過後她說是的，生活本身就很激勵人心，然後她說肚子餓了，問他想不想去餐車用餐。他戴上那頂惹眼的黑帽，跟著她離開車廂。

餐車坐滿了，衆人正等著入座。他跟希奇卡克太太站著排了半小時的隊，在狹窄的通道上搖晃，每隔幾分鐘就平貼著車廂側邊讓一小批人魚貫穿過。希奇卡克太太在跟她旁邊的女人說話。海索．莫茲望著牆面。希奇卡克太太對那女人說起她妹夫的事，他在阿拉巴馬州圖拉佛斯的市立供水廠工作，那位女士則講起一位得了喉癌的表親。最後他們幾乎排到餐車門口，可以看到車廂內的狀況。有個服務生招呼客人到不同地方，遞出菜單。他是個一頭油膩黑髮的白人，他的西裝也同樣油膩漆黑。他像隻烏鴉，從一張桌子衝向另一張桌子。他打手勢招來兩個人，隊伍前進了些，所以海茲、希奇卡克太太還有跟她聊天的那位女士都準備好下一批入座。過了一分鐘，又有兩人離開。服務生招招手，希奇卡克太太跟那女人走了進去，海茲跟在她們後面。那男人制止他說：「只有兩位。」然後把他推回門口。

海茲的臉變成醜陋的紅色。他設法要走到下一個人後面，然後又試著穿過人龍回到原本的車廂，但是入口處擠了太多人。他只得站在那裡，旁邊每個人都在看他。有一陣子都沒人離開。最後，餐車另一頭有個女人站了起來，服務生的手抽了一下。海茲猶豫了，然後看到那隻手又抽動一下。他腳步蹣跚地走過通道，一路上跌撞到兩張桌子，他的手因此被某個人的咖啡弄濕。服務生把他安置在三個外表年輕，穿得像鸚鵡的女人身邊。

她們的手放在桌面上，指尖像紅色的矛。他坐下，在桌布上擦手。他沒有拿掉帽子。這幾個女人已經吃完，正在抽菸。當他坐下時，她們停止交談。他指向菜單上的第一道菜，站著俯瞰他的服務生說：「年輕人，寫下來。」然後對其中一個女人眨眨眼；她用鼻子發出某種雜音。他寫下菜名，服務生拿著走開。他坐著，陰沉專注地注視對面那女人的脖子。偶爾她拿菸的手會經過脖子上的斑點；那隻手會離開他的視線，然後再度經過，再回到桌面；下一秒就有一道筆直的煙吹向他的臉。在煙朝他臉上吹了三、四次後，他注視著她。她臉上有種母鬥雞肆無忌憚的表情，那雙小眼直盯著他。

「要是妳能得到救贖，」他說：「那我就不想要了。」然後他把腦袋轉向窗口。他看到自己蒼白的倒影，映襯在從窗戶透進的黑暗空曠空間之上。一輛貨運火車呼嘯而過，把空曠的空間切成兩段，其中一個女人笑出聲來。

「妳以為我相信耶穌嗎？」他說著靠向她，講話時幾乎像是喘不過氣。「嗯，就算祂存在我甚至也不會信。就算祂就在這輛火車上也一樣。」

「誰說你非信不可?」她用有毒似的東部口音問道。

他退了回去。

侍者爲他上晚餐。他開始吃，起初速度緩慢，後來那些女人專注地看他咀嚼時下巴挺出的肌肉，他就吃得快些。他吃的是某種灑上蛋跟肝臟的東西。他吃完了，喝掉咖啡，然後抽出錢來。服務生看到他，但沒來結帳。每次他經過餐桌，就會對這群女士眨眼，然後瞪著海茲看。希奇卡克太太跟那位女士已經吃完離開。終於那男人過來，結了帳單。海茲把錢推給他，接著便擠過他身邊離開車廂。

他在空氣算是新鮮的兩節車廂中間站了一會兒，拿出一支菸。然後那個車廂服務員經過兩節車廂之間。他喊道:「嘿，巴倫!」

車廂服務員沒停下腳步。

海茲跟著他進入車廂。所有鋪位都鋪好了。梅爾西車站的人賣了張臥鋪車票給他，因爲他說他在一般旅客車廂得坐著熬一整夜;那人賣給他的是上鋪。海茲來到鋪位，把行李袋拉下來，然後走進男廁，做好過夜前的準備。他吃得太撐，想加快動作，好進臥鋪躺下來。他想著自己會躺在那裡，望著窗外，注視著鄉村如何在黑夜中的火車外掠過。有個標示說，**要進上鋪請找車廂服務員**。於是他把行李袋往上放進鋪位，然後去找服務員。他在車廂這頭沒找到人，就回到另一頭。走過轉角時，他撞上某個沉重的粉紅色玩意；它驚喘一聲，低聲吐出一句：「笨手笨腳的！」那是穿著粉紅浴衣的希奇卡克太太，她的頭髮打成小結，掛在腦袋周圍。她望著他，眼睛瞇到近乎閉起來。那些小瘤框著她的臉，看起來像黑色毒蕈。她設法要走過他身邊，他也想辦法讓她通過，但兩人每次卻都移往同一邊。她的臉上除了一些白色小斑塊之外，已脹成了紫色。她身子一僵，停止動作說：「你怎麼回事啊？」他溜過她身邊，衝進走道，結果撞上那服務員，把他撞倒了。

「巴倫，你得讓我進臥鋪。」他說。

服務員自己爬起來，面無表情，搖搖晃晃沿著通道走開，一分鐘後又搖搖晃晃地回來，這次帶著梯子。海茲站在那兒注視他把梯子搭上；接著海茲開始往上爬。爬到一半時，他轉身說：「我記得你。你父親是個黑鬼，叫凱許．巴倫。你不能再回那裡，所有人都回不去了，就算他們想回去都不行。」

「我是芝加哥來的，」服務員用惱怒的聲音說：「我不姓巴倫。」

「凱許死了，」海茲說：「他得了霍亂，他被豬傳染了霍亂。」

車廂服務員的嘴往下一撇，然後說：「我父親是個鐵路職員。」

海茲笑出聲來。那服務員突然手臂一抽把梯子拿走，把這緊抓著毯子的男孩送進鋪位。他在那裡趴了幾分鐘，動都沒動。過了一會兒，他轉身發現燈光，同時環顧四周。這裡沒有窗戶。他被關在這玩意裡面，只有窗簾上方有一點點空間。鋪位天花板很低，而且呈弧形彎曲。他躺下來，注意到彎曲的天花板看起來不像完全封閉，而是正在關上。他躺了一會兒，沒有移動。他喉嚨裡有個東西，像一塊帶雞蛋味的海綿；他不想翻身，害怕它會移動。他想把燈關掉，沒有翻身就伸出手，摸到開關把燈熄掉，黑暗下沉到他身上，然後消退了一點點，因爲從通道上有些微光線從門底那點未密合的空間透入。他希望這裡一片漆黑，他不想要這片黑被稀釋掉。他聽見服務員的腳步聲沿著通道過來，踩在地毯上，又輕又柔，穩定地朝這走來，掃過綠色窗簾，然後在另一頭逐漸消失在聽力範圍之外。又過了一會兒，在他幾乎要睡著時，以爲自己又聽到那腳步聲回來了。他的窗簾抖動一下，腳步聲再次消逝。

半夢半醒間，他覺得自己躺的地方就像個棺材。他所見過第一個裡面躺著人的棺材是他祖父的。裝著老人的棺木在屋內停靈那一夜，他們用一根引火棒撐開棺蓋，海茲從遠處望著，心想：他才不會讓他們把棺材蓋在自己身上；到時他會把手肘猛地撞進縫隙裡。他祖父曾經是個巡迴傳教士，一個像黃蜂般易怒的老人，把耶穌像根針似地藏在腦袋裡，奔波在三郡之間。但等到要將他下葬，他們把那箱子的頂蓋封上時，他動都沒動。

海茲有兩個弟弟；一個嬰兒時就死了，被放進一個小箱子裡。另一個則在七歲的時候摔倒在一台割草機前。裝他的箱子大概只有普通尺寸的一半，他們關上箱子時，海茲跑過去再打開來。他們說他會這麼做，是因爲跟弟弟分離而心碎，但不是那樣的；那是因爲他本來在想，如果是他在箱子裡，而他們把他關在裡面的話怎麼辦。

他現在睡著了，夢見自己再次出席父親的葬禮。他看到父親弓著身子，四肢著地趴在棺材裡，就這樣被抬去墳場。「如果我一直把屁股撅在半空中，」他聽到老人這麼說：「就沒有人可以拿任何東西把我蓋住。」不過他們抬著他的棺材到墓穴旁，就這麼咚一聲放下，他父親就跟其他人一樣攤平了。火車顚簸搖動，再次把他弄得半醒，而他心想，那時候伊斯卓德一定有二十五個人，其中有三個人姓莫茲。現在再也沒有姓莫茲的人了，再沒有姓艾許菲爾的，沒有姓布萊森甘姆、費伊、傑克森……或者巴倫——連黑鬼都受不了了。他轉向道路，在黑暗中看到門面釘上木板的封閉店鋪、傾斜的穀倉、還有被拖車拖走半邊，前廊不見，客廳也沒地板的的小房子。

他十八歲離開時，那裡不是這樣的。那時候那裡有十個人，而且他沒注意到，那裡從他父親的時代之後，規模就變小了。他十八歲時離開那裡，因爲軍方要他入伍。他起初想過要射傷自己的腳來逃避兵役。他會像祖父一樣成爲傳教士，而少了隻腳還是能做傳教士。傳道人的力量在於他的脖子、舌頭跟手臂。他祖父開著一輛福特汽車在三個郡間旅行。每個月第四個週六，他會開到伊斯卓德，彷彿剛好及時把他們全都救出地獄似的，在打開車門前就開始大喊大叫。大家會聚在他的福特車旁，因爲他剛才似乎在挑釁他們不敢這麼做。他會爬上車頭，就在那裡布道，有時他還會爬到車頂，往下對他們大吼。他們就像石頭！他會這樣吼著。可是耶穌會爲救贖他們而死！耶穌對靈魂如此飢渴，祂因此而死，祂爲所有人而死，他會爲一個人而承受每一個靈魂的死亡！他們懂這個嗎？他們瞭解嗎，爲了每個頑石般的靈魂，他會死一千萬次，爲了他們當中的某一個人，而讓自己的手臂跟腿在十字架上展開，被釘上一千萬次？（老人這時會指向孫子海索。他對海索有種特別的輕蔑，因爲他的臉幾乎一個模子刻出來似的重現在這孩子臉上，猶如在嘲弄他。）他們可知，就算爲了那邊那個男孩，爲了站在那裡那個惡毒、有罪、沒腦的男孩，一雙髒手掛在身子兩邊，一下抓緊一下放鬆的男孩，耶穌會在他輸掉自己的靈魂以前，就讓自己死上一千萬次？祂會追著他跨過罪惡之海！他們懷疑過耶穌能不能走在罪惡之海上嗎？那男孩被拯救了，而且耶穌永遠不會離棄他。耶穌永遠不會讓他忘記自己受到救贖。罪人自以爲能得到什麼？耶穌終究會擁有他！

但男孩不必聽這些。他心中早有一種深沉、陰鬱而無言的確信，就是要像逃避罪惡一樣逃避耶穌。他在十二歲時就知道，自己將要成爲傳教士。後來他看見耶穌在他內心深處的樹林間移動，一個狂野的衣衫襤褸人影對他招手，要他過去，來到不確定該把腳放在哪裡的黑暗中，在那裡，他可能會走在水上卻不自知，等到突然明白時突然落水溺斃。他想待的地方是伊斯卓德，在那裡他能睜著雙眼，雙手始終觸摸熟悉的事物，雙腳踏在已知的路徑上，舌頭也就不會不受控制。當他十八歲時，軍方徵召了他，他把戰爭看作引領他走向誘惑的詭計，若非堅信自己幾個月後就會回來，好端端地不受腐化，那麼他就要射傷自己的腳。他對自己身上抗拒邪惡的力量帶有強烈信心：那就像他的臉，是某種從祖父身上遺傳來的東西。他心想，如果四個月內政府不放過他，他無論如何也會自己離開。他十八歲時想過，他會給他們不多不少四個月時間。結果他一去就是四年；期間未曾返鄉，連路過探望都沒有。

他從伊斯卓德隨身帶進軍中的唯一一批東西，就只有一本黑色的聖經和一副母親的銀邊眼鏡。他上過一所鄉下學校，在那裡學習讀寫，不過看來，不去上學是比較明智的決定；聖經是他唯一會讀的書。他不常讀聖經，但閱讀時總是戴上母親的眼鏡。但那副眼鏡讓他雙眼疲勞，因此每次短暫讀上一會兒，他就不得不停止閱讀。他本來打算告訴軍中任何邀他犯下道德之罪的人，他來自田納西州的伊斯卓德，他打算回到那裡、留在那地方，他會成為福音傳教士，他不打算讓政府或任何他被派駐的外地害他的靈魂沉淪。

在營裡度過幾週後，他交了些朋友——他們其實不算朋友，但他得和他們共同生活——這時他得到了一直在等待的機會：罪惡的邀約。他把母親的眼鏡拿出口袋，戴了起來，然後告訴他們，就算給他一百萬再加一張可以躺在上面的羽毛軟床，他也不會跟他們去。他說他來自田納西州的伊斯卓德，他不會讓政府或任何被派駐的外地害他靈魂沉……不過他的聲音破了，沒法把這句話講完。他只能瞪著他們，設法板起面孔。他的朋友告訴他：除了神父，沒有人對他天殺的靈魂有興趣，他則設法回答，沒有一個神父會聽命於打算損害他靈魂的教宗。他們告訴他，他沒有任何靈魂，接著就出發前往他們的妓院。

他花了很長的時間相信他們的話，只因爲他想相信。他想要的就是相信他們，然後一勞永逸擺脫「它」，他看出自己在這裡有機會擺脫「它」而不受腐化，改宗成爲什麼都不信的人，而不是皈依邪惡。軍隊派他繞過半個世界時遺忘了他，當他受了傷，他們又會記得他一下子，但那時間連把砲彈破片從他胸口拿出來都不夠——他們說拿出來了，卻從沒讓他看過那破片，以致他覺得破片還留在那裡生鏽並毒害他——然後他們將他送去另一個沙漠，再次將他遺忘。他有的是時間研究自己的靈魂，並向自己保證靈魂不在那裡。而在他徹底確信這件事之後，他終於明白，其實自己從始至終早就知道這件事。他承受的苦難是對家的渴望；這跟耶穌沒有關係。當軍隊終於放他離開，他愉快地想著自己終究沒有被腐化。黑皮聖經跟母親的眼鏡仍在那個旅行袋底。他現在不讀任何書了，但仍留著聖經，因為那是從家裡帶出來的。他還留著眼鏡，以防將來視力退化。

兩天前，軍隊在他的目的地北方三百哩一個城鎮讓他離開，他立刻前往當地的火車站，買了張到梅爾西的車票，那是離伊斯卓德最近的車站。接下來，既然還得等好幾個小時才能搭車，他就走進車站附近一家陰暗的成衣店。那是個飄著淡淡硬紙板味的店鋪，越往內走越陰暗。他走進店鋪深處，店家賣了件藍色西裝外套和一頂黑帽子給他。他把軍裝放進一個紙袋，然後塞進角落一個垃圾桶裡。當他走到戶外的陽光下，新西裝立刻變成扎眼的藍色，帽子的線條也似乎僵硬得要命。

下午五點，他到了梅爾西，接著搭上便車，一輛棉花籽卡車載著他走過往伊斯卓德的大半路程。剩下的路他用走的，晚上九點時到了那裡，那時天色剛開始變黑。那屋子也像夜一樣黑，而且向著夜晚敞開，雖然看到屋子四周的圍牆已經半塌，前廊地板中間長出了野草，卻未立刻明白這只是個空殼，已經什麼都沒有，只剩房子的骨骸了。他把一個信封扭成長條，用火柴點燃，把樓上樓下，所有空房間都巡了一遍。信封燒完後，他再點燃另一個信封，又全部再巡一次。那天晚上他睡在廚房地板上，有塊木板從屋頂掉到他頭上，割傷了他的臉。

屋裡什麼都沒有，只剩下廚房裡的衣櫥。他母親總是睡在廚房裡，便把她的胡桃木衣櫥擺在那裡。她花了三十塊買這衣櫥，此後沒再爲自己買過任何貴重物品。然而不管是誰拿走屋裡其他一切，都留下了這個衣櫥。他打開衣櫥的所有抽屜。最上方的抽屜裡有兩條包裝帶，其他抽屜則什麼都沒有。他很訝異竟然沒有任何人來偷這樣一個衣櫥。他拿起包裝帶，繞在衣櫥腳上綁起來，再穿過地板縫，然後在每個抽屜留下一張紙，寫著：**這個衣櫥屬於海索．莫茲。不要偷，否則你會被找到然後殺掉**。

他在半睡半醒間想著那衣櫥，認定若是母親知道有人守護著它，她在墳墓裡會歇息得安穩一些。只要她在晚上來看看就能看到。他納悶地想，她有沒有在晚上來過這裡，臉上仍帶著不得安寧、睜眼直視的表情；他曾透過她的棺木縫隙看到同樣的表情。他們把棺蓋在她身上闔起時，他透過縫隙看到了她的臉。那時他十六歲。他見過那片籠罩在她臉上，把她的嘴角往下拉的陰影，彷彿就算死了她也不覺得比活著滿足，好像她就要一躍而起，把棺蓋往後推開並飛出來才滿意：但他們封上了棺蓋。她本來有可能飛出來，她本來可能會跳出來的。他在睡夢中看見她，很恐怖，像隻龐大的蝙蝠衝出封閉角落，飛了出來，但每次棺蓋都在她上方留下陰影，每一次最後都關了起來。他從棺木裡看到棺蓋關上，越來越近、越來越近地蓋下來，切斷了燈光與空間。他睜開眼，看到棺蓋關上，於是在縫隙間彈坐起來，他的頭跟肩膀立刻卡住，懸在那裡，只覺頭暈目眩，同時車上的微光緩緩映照出底下的地毯。他坐在與窗簾頂端齊高的臥鋪，看著車廂另一頭的服務員，那是黑暗中的一個白色人形，站在原地注視著他，一動也不動。

「我不舒服，」他喊道：「我不能關在這玩意裡面。把我弄出去。」

服務員站在那兒凝視著他，紋風不動。

「耶穌，」海茲說：「耶穌啊。」

服務員沒有動作。「耶穌很久以前就離開了。」他用刻薄的勝利口吻說道。

2

直到第二天晚上六點他才到達那城市。因爲那天早上他在一個聯軌站下了火車，去呼吸點新鮮空氣，就在他看著另一個方向時，火車溜走了。他追著火車，但帽子又被吹跑，於是他得往另一個方向跑去搶救帽子。幸運的是，他隨身帶著行李來到車外，免得有人從裡面偷走什麼。而他得在聯軌站再等六小時，才有路線正確的火車到站。

抵達托金罕時，他一下火車，就看到招牌跟燈光。花生、西聯匯款、阿傑克斯清潔用品、計程車、旅館、糖果。大多數都通了電，正上下移動或瘋狂閃爍。他走得非常緩慢，把行李袋掛在脖子上。他的頭轉向一邊，然後又是另一邊，先朝向一個招牌，然後再向著另一個。他沿著車站一邊從頭走到尾，接著再往回走，彷彿他可能再搭上另一班火車似的。在那頂沉重的帽子底下，他的臉色嚴峻而堅決。沒有一個觀察他的人會知道，他沒地方可去。他在擁擠的候車室裡來回走動了兩、三次，不過他不想坐在那裡的長椅上。他想要去個有隱私的地方。

最後他推開車站一頭的一扇門，那裡有張樸素的黑白標示寫著：**男廁**。**白人用**。他進入一個狹長的房間，一邊是一列洗臉盆，另一邊是一排木製隔間。這房間的牆壁一度是明亮歡愉的黃色，但現在比較接近綠色，上面點綴著手寫字跡，還有男女兩性身體部位的各種細節塗鴉。某些隔間有門，而在其中一扇門上，有著一定是用蠟筆寫的大字——**歡迎**！！！——後面還接上三個驚嘆號，還有某個看似一條蛇的東西。海茲走進了這一間。

他在這狹窄的箱子裡坐了一會兒，研究牆面和門上的題字，然後才注意到在衛生紙架左邊的字跡。那看起來是喝醉後留下的筆跡。上面寫著：

李奧拉．華茲太太！

巴克利路六十號城裡最友善的床鋪！

兄弟

過了一會兒，他從口袋裡拿出一枝鉛筆，在一個信封背後寫下地址。

到了外面，他坐進一輛黃色計程車，告訴司機他要去的地方。司機是個頭上戴著一頂大皮帽的小男人，一支雪茄菸尖端從他那張嘴的中間冒出來。他們開過幾個街口，然後海茲注意到司機透過後視鏡斜眼瞄著他。「你不是她的朋友，是吧？」司機問道。

「我以前從沒見過她。」海茲說。

「你是從哪裡聽說她的？她通常不跟傳教士作伴。」他講話時，口中那支雪茄的位置不曾移動；他能夠從那支菸的左右任何一邊講話。

「我不是什麼傳教士，」海茲皺著眉說：「我只是在廁所裡看到她的名字。」

「你看起來像個傳教士，」司機說：「那帽子看起來像傳教士的帽子。」

「這不是，」海茲說道，然後身子前傾，抓住前座椅背。「這就只是一頂帽子。」

他們停在一棟夾在加油站與停車場之間的單層小平房前面。海茲下了車，從車窗付了車資。

「不只那頂帽子，」司機說：「還有你臉上某些地方的表情。」

「聽著，」海茲說著，把帽子斜拉到一邊眼睛上方：「我不是傳教士。」

「我了解，」司機說：「在這片屬於神的綠色大地上，沒有人是完美的，不管是傳教士或其他人都一樣。而如果你是從親身體驗中得知，你就更能告訴別人罪惡有多可怕。」

海茲把頭靠在窗上，不小心把帽子給扳正。而他似乎也把臉給扳正了，因爲那張臉變得全無表情。「聽著，」他說：「給我弄清楚：我什麼都不信。」

司機把那一小段雪茄拿出嘴裡。「什麼都不信了？」他這麼問，問完以後繼續張著嘴。

「我不必跟任何人說第二次。」海茲說道。

司機閉上嘴，片刻之後他把那一小段雪茄放回嘴裡。「你們這些傳教士就有這種麻煩，」他說：「你們全都太好了，好到什麼事都不信。」然後他一臉既嫌惡又正氣凜然的表情把車開走了。

海茲轉過身，注視著他正要進去的房子。這差不多就是個小棚屋，但一扇面向前方的窗內有溫暖的燈光。他往上走到前廊，把眼睛湊上陰影處一個方便窺看的裂縫，發現自己直接看著一個大大的白色膝蓋。他試了試前門，門沒鎖，他走進一個窄小陰暗的玄關，兩側各有一扇門。通往左邊的門開了條縫，透出一道狹窄的亮光。他走進光線中，透過那條裂縫往裡望。

華茲太太獨自坐在一張白色鐵床上，正用一把大剪刀修剪腳趾甲。她是個大個子女人，髮色非常的黃，白皙的皮膚被某種油膩藥劑弄得閃閃發亮。她穿著一件爲身材嬌小得多的人所做的粉紅睡袍。

海茲讓門把發出一聲雜音，她抬起頭看，觀察到他站在那門縫後方。她有種大膽、穩定又具穿透力的凝視目光。一分鐘後，她轉過身不看他，又剪起腳趾甲。

他走進去，站著環顧四周。房間裡沒多少東西，只有一張床跟一個梳妝台，還有一張放滿髒衣服的搖椅。他走向梳妝台，摸到一根指甲銼，然後是個空果凍杯，同時他望向發黃的鏡子，注視著影像有點扭曲的華茲太太對他咧嘴而笑。他的感官被攪動到了極限。他迅速轉身，走向她的床鋪，在最遠的角落坐下。他透過一邊鼻孔吸進長長一口氣，開始將手小心翼翼沿著床單摸過去。

華茲太太粉紅色的舌尖出現，沾濕了下唇。她似乎很高興看見他，彷彿他是位老友似的，不過她什麼話都沒說。

他抬起她的腳，這隻腳沉重但不冰冷，把它往旁邊移開一吋，手仍舊放在上面。

華茲太太的嘴唇分開，變出一個大而飽滿的露齒笑容。這些牙齒小而尖，帶著綠色斑點，而且每顆牙之間空隙十分寬闊。她伸出手，剛好抓住海茲手臂的手肘上方，拖長聲調說：「你在追獵什麼嗎？」

如果她沒有把他的手臂握得這麼牢，他可能已經跳出窗外去了。他的嘴不由自主地做出這唇型：「是的，女士。」但嘴唇之間沒發出聲音。

「你有什麼心事嗎？」華茲太太問道，同時把他僵硬的身軀拉近一點點。

「聽著，」他緊繃地控制聲音說道：「我是爲了平常那回事而來的。」

華茲的嘴變得更圓了，似乎對這番廢話感到困惑。「你放輕鬆，就當自己家。」她只這麼說道。

他們瞪著彼此看了幾乎一分鐘，沒有一方先動彈。然後他用比平常更高亢的語調說：「我打算讓妳知道的事情是這個：我不是天殺的傳教士。」

華茲太太帶著一抹淺淺的詭譎笑意，定定地看著他。然後她把另一隻手放在他臉上，像母親般的方式搔著那張臉。「沒問題，孩子，」她說：「就算你不是傳教士媽媽也不介意。」

3

在托金罕的第二晚，海索·莫茲沿著鬧區走近一排店面，卻沒往裡頭望。漆黑天空底下有看似鷹架的銀色長條紋撐著，在後方很深很深的地方有幾千顆星星，似乎全都在緩緩移動，它們好像跟某種牽扯到宇宙整體秩序的大規模建築工程有關，將用盡所有時間來完成。沒有人注意天空。托金罕的店舖在星期四晚上也營業，好讓人多個機會看看有什麼東西待售。海茲的影子一下落在背後，一下落在前方，偶爾又被其他人的影子打碎，不過當只剩它自己在他身後拉長的時候，它是個瘦長、緊張又往後走的影子。他的脖子往前伸，好像試著去聞某個一直被拉走的東西。來自店舖櫥窗的耀眼光線，讓他的藍色西裝看起來像是紫色。

過了一會兒他停下來，那裡有個臉孔精瘦的男人在一家百貨公司前面架了張撲克牌桌，正在展示一個馬鈴薯削皮器。這男人戴著一頂帆布小帽，穿著一件上面有一串串倒掛雉雞、鵪鶉與青銅色火雞圖案的襯衫。他在街頭噪音中把聲音拉高，好讓聲音能像私人對話一樣清楚傳進每個人耳中。有幾個人圍在旁邊。牌桌上有兩個桶子，一個空著，另一個滿是馬鈴薯。兩個桶子之間有個綠色厚紙板盒堆成的金字塔，在盒堆頂端，有個打開展示的削皮器。站在這聖壇前的男人，對著各色人等指向那削皮器。「你怎麼樣？」他說著，指向一個頭髮濕搭搭且長滿面皰的男生。「你不會放過其中一個吧？」他把一顆棕色馬鈴薯塞進打開的機器一側。機器是個有紅色把手的方型錫盒，他轉動把手時，馬鈴薯進了盒子，才過一秒就從另一頭出來，變成白的。「你不會白白放過其中一個的！」他說道。

男孩放聲大笑，同時看著周圍聚集的其他人。他有一頭黃髮跟一張狐狸臉。

「你的名字？」賣削皮器的男人問。

「以諾・艾摩瑞，」男孩說著吸了下鼻子。

「名字這麼漂亮的男孩該要有台這個，」男人說著翻了個白眼，試著炒熱場面。但除了男孩之外沒有人笑。然後一個站在海索・莫茲對面的男人笑了出來，不是愉快的笑，而是帶著鋒利邊緣的那種笑。他是個身形高大但形容枯槁的男人，穿著黑西裝，戴黑帽子。他戴著墨鏡，臉頰上有一條條紋路，好像是畫上去的卻又脫了色。那些線條讓他有種山魈咧嘴似的表情。他一笑出聲，就開始十分刻意地往前走，一手把個錫杯弄得叮噹響，另一手則用一支白色手杖輕敲前方地面。在他後面來了個孩子，在分發傳單。她穿黑色連身裙，戴著一頂拉低到前額的黑色針織帽；帽子兩側都有一綹棕髮戳出；她有張長臉，還有個線條銳利的短鼻子。賣削皮器的男人發現人群注視著這兩人組卻不看他，頓時被惹惱了。「那邊那位，你覺得怎麼樣，」他邊說邊指向海茲。「你在任何店面都不可能拿到這麼划算的價錢了。」

海茲正在看那盲人跟那個孩子。「嘿！」以諾．艾摩瑞說著，伸手越過一個女人去搥他的手臂。「他在跟你說話！他在跟你說話。」以諾得再搥他一拳，他才看向那賣削皮器的男人。

「你何不買台這個回家給你太太？」賣削皮器的男人說。

「沒有太太。」海茲低聲嘟噥，又回去看那盲眼男人。

「呃，你有親愛的老媽媽，不是嗎？」

「沒有。」

「呃，呼，」男人說道，他把手圍成碗狀對人群喊道：「那麼他就需要一台這個來陪伴他。」

以諾．艾摩瑞覺得這實在太好笑，他笑得前仰後合，拍著膝蓋，可是海索．莫茲看都不看，彷彿他已經聽過這套了。「我會送半打削過皮的馬鈴薯給第一個買這機器的人，」男人說：「誰要第一個出來？只要一塊五，買一台任何店家都得賣三塊錢的機器！」以諾．艾摩瑞開始在口袋裡掏摸。「你會感謝自己在這兒停下腳步的這一天，」男人說：「你永遠不會忘記。你們每一位買下這台機器的人，永遠不會忘記！」

盲眼男人緩慢地前進，用一種含糊片段的嘟囔方式講話：「幫助一個瞎眼傳教士吧。如果你不悔罪，就捐個五分錢吧。我可以像你一樣善用這筆錢。幫忙一個瞎眼失業的傳教士。難道你寧可要我乞討，而不要我傳教嗎？如果你不悔罪，過來捐個五分錢吧。」

這裡聚集的人不很多，但確實有人開始往外走了。賣機器的人看出這點之後，他身體往前傾，從牌桌那裡怒目而視。「嘿，你！」他喊著那盲人。「你以為你在幹嘛？你以為你是誰，把人從我這裡趕出去？」盲人完全沒理睬他。他繼續把杯子弄得叮噹作響，孩子也繼續發著傳單。他經過以諾．艾摩瑞身邊，然後朝海茲走來，白色手杖從他腿邊以一個角度往外戳。海茲湊上前，看到他臉上的線條不是畫上去的；那些是疤痕。

「見鬼了，你以為你在幹嘛？」賣削皮器的男人大喊。「是我把這些人聚過來的，你怎會以爲可以插一腳？」

孩子把一份小冊子遞給海茲，他接了過去。小冊子外面寫著「**耶穌召喚你**」。

「我眞想知道你他媽以爲自己是誰！」賣削皮器的男人喊道。那孩子走回他站的地方，給了他一本小冊子。他撇著嘴瞄了一眼，然後繞過撲克牌桌，打翻了馬鈴薯桶。「這些該死的耶穌狂熱份子，」他一邊大喊，一邊氣沖沖地瞪著四周，設法要找到那個盲人。新的一批人聚集過來，想要看人鬧事。「該死的外國共產黨員！」賣削皮器的男人尖聲叫嚷。「是我把這群人聚過來的！」這時他突然住口，領悟到這裡就有一群人。

「聽著各位鄉親，」他說：「一次一位，有很多可以給大家，別推就是，有半打削皮馬鈴薯要送給第一個來買的人。」他靜靜回到牌桌後面，開始拿起削皮器盒。「上前吧，有很多可以給大家的，」他說：「不必擠。」

海茲沒打開他的小冊子。他看著小冊子的外觀，然後撕成兩半。他把兩半疊在一起，對半再撕一次。他一直重新疊起碎紙片再撕開，直到剩下滿手碎紙片爲止。他手一翻，讓撕碎的紙片灑到地上。然後他抬起頭，看到那盲人的孩子就在不到三呎外盯著他。她張著嘴，看著他的眼睛閃閃發光，像是兩塊做瓶子用的綠玻璃。她肩上背著一個白色粗麻布袋。海茲沉著臉，把黏黏的手在褲子上擦了擦。

她說：「我看到你了。」然後迅速走到現在盲眼男人所站的地方，就在撲克牌桌旁，從那裡轉頭注視海索。這時大多數人都已經走開了。

賣削皮器的男人彎著身子越過牌桌，對那盲眼男人說：「嘿，我猜這算是給你點顏色瞧瞧了。想硬插進來嘛。」

「你看，」以諾．艾摩瑞說：「我只有一塊十六分，不過我——」

「是啊，」男人說：「我猜這樣能夠讓你知道，你不能硬來搶我的好處。賣出八個削皮器了，賣出——」

「給我一個。」那盲眼男人的孩子指著那堆削皮器說。

「哈！」他說。

她正解開一條手帕。她從手帕打結的一角裡拿出兩個五十分硬幣。「給我一個，」她說著，伸手把錢遞出去。

男人看了一眼，一邊嘴角拉起。「是一塊又五十分錢，姐妹。」他說道。

她迅速把手抽回，然後突然憤怒地瞪著海索．莫茲，好像是他對她發出了什麼怪聲似的。盲眼男人繼續往前走了。她站在那裡對海索怒目相向片刻，便轉身跟上那盲眼男人。海索嚇了一跳。

「聽著，」以諾．艾摩瑞說：「我只有一塊十六分，我想給自己買個——」

「你可以留著這筆錢，」男人說著把桶子從牌桌上拿下來。「這裡可不是折扣攤位。」

海茲看到那盲眼男人在一段距離外沿街走開。他站在那裡，瞪著那男人的背，他的手一下塞進口袋、一下又抽出來，好像設法同時前進又後退。接著他突然把兩塊錢塞到那賣削皮器的男人手裡，從牌桌上抓了個盒子下來，然後開始沿街跑了起來。結果一轉眼，以諾．艾摩瑞也跟在他手肘邊喘著氣。「我的天哪，我猜你有一大堆錢吧。」以諾．艾摩瑞說。

海茲看著那孩子趕上那盲眼男人，拉著他的手肘。他們大約領先他一個街口。他稍微放慢速度，看到以諾．艾摩瑞在這裡。以諾穿著一件發黃的白西裝外套，還有一件泛著粉紅色的白襯衫，他的領帶是青豆色。他在微笑，看起來像隻長了輕微疥癬的友善獵狗。「你到這裡多久了？」他問道。

「兩天。」海茲低聲嘟噥。

「我在這裡兩個月了，」以諾說：「我替市政府工作。你在哪工作？」

「沒工作。」海茲說。

「那眞是太糟了，」以諾說：「我爲市政府工作。」他跳過一步，好讓自己跟海茲並排，然後他說道：「我十八歲了，我在這裡才兩個月，已經替市政府工作了。」

「那很好，」海茲說著，把帽子朝以諾．艾摩瑞站的那邊拉得更低些，而且走得飛快。前方的盲眼男人開始對左右兩側做出模仿鞠躬的動作。

「我沒聽清楚你的名字。」以諾說。於是海索說了自己的名字。

「你看起來好像是在跟蹤他們那些鄉下人，」以諾這麼評論。「你對耶穌之類的事很有興趣啊？」

「沒有。」海茲說。

「我也沒有，沒多大興趣，」以諾表示贊同。「我去了那個羅德米爾男童聖經學院，上了四星期課。把我從我爹那邊交換過來那個女人，她送我去的。她是搞社會福利的。耶穌啊，那四個星期，我心想我就要變成聖潔的瘋子啦。」

海索走到街尾，以諾一直待在他手肘邊，邊喘氣邊講話。海索開始過馬路時，以諾喊道：「你沒看到那燈號嗎！那表示你得等啊！」一個警察吹了哨子，一輛車按了喇叭後猛地停下。海茲繼續過馬路，眼睛一直盯著街區中央的盲眼男人。警察繼續吹哨。他越過街道，來到海索身邊截住他。他有張瘦削的臉跟卵形的黃色眼睛。

「你知道掛在那裡那個小東西是幹嘛的？」他邊問邊指向十字路口上方的交通號誌燈。

「我沒看到。」海索說。

警察看著他，什麼話都沒說。幾個人停下腳步。他對他們翻個白眼。「也許你以為紅燈是給白人看的，綠燈是給黑鬼看的。」他說。

「是啊，我以為是這樣，」海索說：「把你的手從我身上拿開。」

那警察把手放開，擺回腰際。他退後一步然後說：「你去跟你所有朋友講清楚這些燈號。紅燈停，綠燈走——男人跟女人，白人跟黑鬼，全都照同樣燈號走。你告訴你所有的朋友，這樣他們進城的時候就會知道。」人群笑了起來。

「我會看著他，」以諾．艾摩瑞說著，擠到警察旁邊。「他才來這裡兩天，我會看著他的。」

「你在這裡待多久了？」警察問道。

「我在這裡出生長大的，」以諾說：「這裡是我的家鄉。我會替你看著他。嘿等等！」他對海索喊道：「等等我。」他從人群中推擠出來，追上了他。「我猜我替你省了點時間。」他說。

「我很感激，」海索說。

「這沒什麼，」以諾說：「我們何不去沃爾格林藥局買杯汽水喝？這麼早夜總會還沒開門。」

「我不喜歡藥局，」海索說：「再見。」

「沒關係，」以諾說：「我想我會跟著你，陪你一會兒。」他抬頭看向前方的盲人跟小孩，然後說：「我肯定不想在晚上這種時間跟鄉巴佬糾纏不清，特別是那種信耶穌的。我自己是受夠他們了。把我從我爹那裡換過來的那個搞社福的女人，啥都不做就光祈禱。我跟我爹，我們帶著工作用的鋸木機到處搬家，有一年夏天那個鋸木機架在布恩維爾，然後這女人就來了。」他抓住海茲的外套。「我對托金罕唯一的不滿，就是街上人太多，」他說出了心底話。「他們一副就是想把你撞倒的樣子——呃，她來到這裡，我猜她喜歡上我了。那時候我十二歲，某些讚美歌我唱得很好，是從一個黑鬼那學來的。所以她來啦，喜歡上我，把我從我爹那裡交換過來，帶我去布恩維爾跟她住。她有間磚房，不過整天都是耶穌來耶穌去。」

一個穿著太大褪色連身工作服的小個子男人撞到他。以諾咆哮道：「你怎麼不看路的啊？」

那小個子男人停下來，揚起手臂做出個惡毒的手勢，臉上一副惡狗似的表情吼道：「你在跟誰說什麼話？」

「你看，」以諾說著，又跑又跳跟上海茲：「他們就只想撞倒你。我以前從沒來過這麼不友善的地方。就算跟那女人在一起的時候也一樣。我在她那間屋子裡跟她住了兩個月，」他繼續往下說：「然後秋天來了，她送我去羅德米爾男童聖經學院，我心想，這下應該可以輕鬆一點。這女人很難相處——她不老，我猜有四十歲——可是絕對很醜。她戴棕色眼鏡，頭髮少得要命，看起來就像火腿滷汁澆在她頭蓋骨上。我本來以爲去那學校肯定會輕鬆點。我曾經從她那裡逃走一次，結果她把我找回去，我才發現她有些跟我有關的文件，如果我不跟她住，她是可以送我進監獄的，所以我當然很高興回學校去。你上過哪個學校嗎？」

海茲似乎沒聽到這問題。

「呃，那裡可不輕鬆，」以諾說：「好心的耶穌啊，那可不輕鬆。不過四個星期以後，我從那裡逃走，而要是她不逮到我，帶我回她那間屋子才奇怪。但不管怎樣，我還是逃出來了。」他等了好一會兒。「想知道我怎麼辦到的嗎？」

才過一秒他就說：「我把那女人嚇得半死，就這樣。我一直研究，不斷研究。我甚至還祈禱。我說：『耶穌啊，告訴我可以離開這裡卻不用殺掉那女人、不會進監牢的方法，』祂不教我才怪咧。有一天天剛亮我就起床，沒穿褲子就進她房間，然後把被子從她身上拉下來，害得她心臟病差點發作。然後我就回到我爸那裡，從此以後我們再沒見過她的影子。」

「你的下巴剛才動了，」他注視海茲的側臉時觀察到了。「你從來不笑。如果你不是眞正的有錢人，我也不意外。」

海茲轉向一條岔路。盲人跟女孩在前一條街的街角。「唔，我猜到頭來我們還是會趕上，」以諾說：「你在這裡認識很多人嗎？」

「沒有。」海茲說。

「你也不會再認識什麼人的。這裡是又一個難交朋友的地方。我在這兩個月了，誰都不認得。看起來他們就只想把你撞倒。我猜你有一大筆錢，」他說：「我什麼都沒有。要是有，我應該知道怎麼處理。」那盲人跟他的孩子停在街角，然後轉向街道左側。「我們跟上了，」他說：「如果不小心點，我猜我們就會在某個聚會裡跟她還有她爹一起唱讚美歌。」

在下一條街，有棟有柱子跟圓頂的巨大建築。盲人跟女孩正朝那裡走去。在建築物周圍、對街路邊、還有附近其他街道的前前後後，每個空位都停滿了車。以諾說：「那可不是電影院，」盲眼男人和女孩走上通往建築物的階梯。階梯一路穿過建築前方，兩側都有坐在台座上的石獅。「也不是教堂。」海茲停在階梯前。他看來好像正設法讓自己的臉做出某種表情。他把黑帽子往前拉成銳利的斜角，開始朝那兩人走去，他們已經在其中一隻石獅旁的角落坐下。他一語不發走向盲眼男人所在的地方，站在他面前，身子前傾，像是設法要看透那付墨鏡。女孩瞪著他看。

盲眼男人的嘴微微拉薄了些，開口說：「我可以聞到你氣息中的罪惡。」

海茲往後退開。

「你爲什麼跟蹤我？」

「我從來沒跟蹤過你。」海茲說。

「她說你在跟蹤。」盲眼男人的拇指突然比向那女孩。

「我沒在跟蹤你。」海茲說。他摸著手中的削皮器盒子，然後注視著那女孩。她的黑色針織帽在前額劃出一條筆直的線。突然間她咧嘴笑了，很快又把表情收斂回來，像是聞到什麼糟糕的東西。「我沒跟蹤你到任何地方。」海茲說：「我跟的是她。」他把削皮器往她懷裡塞。

起初她似乎像要抓過那盒子，卻沒那麼做。「我不要那個東西，」她說：「你怎麼會以爲我想要那玩意？拿走。那不是我的。我不要！」

「妳拿去，」盲眼男人說：「妳就放到袋子裡，然後趁我打妳之前閉上嘴。」

海茲再一次把削皮器推向她。

「我不會要。」她嘟噥。

「妳照我說的拿去，」盲眼男人說：「他絕對沒有跟蹤妳。」

她接過盒子，塞進放小冊子的袋裡。「這不是我的，」她說：「我是拿了，但那不是我的。」

「我跟著她是爲了說，我沒必要承受先前她在那裡看我的那種放蕩眼神。」海茲說著，盯著那盲眼男人看。

「你什麼意思？」她喊道：「我從來沒有用什麼放蕩眼神看你。我只看到你撕毀小冊子。他把小冊子撕成碎片，」她拖著盲眼男人的肩膀說：「他把小冊子撕掉，像灑鹽一樣灑了滿地，然後在他褲子上擦手。」

「他跟著我來的，」盲眼男人說：「沒有人會跟著妳。我能聽到他聲音裡對耶穌的強烈渴望。」

「耶穌啊，」海茲低聲咕噥：「我的耶穌啊。」他在女孩腿邊坐下，把手放在她腳邊的台階上。她穿著布鞋和黑色長筒棉襪。

「你聽他賭的咒，」她用低聲說：「爸爸，他絕對不是跟著你來的。」

盲眼男人發出尖銳的笑聲。「聽著，孩子，」他說：「你無法逃離耶穌。耶穌本身就是事實。」

「我對耶穌知道的可多了，」以諾說：「我上過一個女人送我去念的這個羅德米爾男童聖經學院。如果你想知道任何耶穌的事，問我就對了。」他先前爬上獅背，現在正蹺著腳側坐在那裡。

海茲說：「我從天眞輕信的年紀到現在，已經走了很長一段路。我是走過半個世界才來到這裡。」

「我也是。」以諾．艾摩瑞說。

「你來的路沒有遠到讓你忍住不跟隨我，」盲眼男人說道。他突然伸出雙手，蓋住海茲的臉。有一秒鐘海茲沒動也沒出聲。接著，他把臉上那雙手拍開。

「別這樣，」他用微弱的聲音說：「你對我一無所知。」

「我爹看起來就像耶穌，」以諾在獅子背上說道。「他的頭髮長到肩膀。唯一的差別是有一道疤橫過他的下巴。我從來沒見過我媽。」

「某個傳教士在你身上留下他的印記，」盲人像在竊笑地說：「你跟蹤我，是爲了要我拿掉那個印記，還是要我再給你一個？」

「聽好，關於你的痛苦，除了耶穌之外沒有別的可治，」女孩突然開口。她輕點海茲的肩膀。他坐在那裡，前傾的黑帽遮住臉孔。「聽著，」她把聲音放大了點：「在這裡，有個男人跟女人殺死一個小嬰孩。那是她自己的孩子，但它很醜，她從來沒給過它一點愛。不過這孩子有耶穌，這女人卻什麼都沒有，她只有漂亮的相貌跟一個和她犯罪姘居的男人。她把那孩子送走，但它又回來，她再送走，它又再回來，每次一送走，它就回到她和與她犯罪同居的男人這裡。他們用一條絲襪勒死它，把它掛在煙囪上。從此之後，它讓她再也不得安寧。她看任何東西時都會看到那孩子。耶穌把它變得美麗無比，令她魂牽夢縈。她跟那男人躺在一起時就會看到它，它透過煙囪盯著她，光芒在半夜裡穿透磚頭映照過來。」

「我的耶穌啊。」海茲低聲嘀咕。

「她什麼都沒有，只有好看的外表，」她響亮迅速地說：「那樣不夠。遠遠不夠。」

「我聽到裡面他們腳步刮擦的聲音，」盲眼男人說：「拿出小冊子，他們已經結束要出來了。」

「這樣不夠。」她重複說道。

「我們要做什麼？」以諾問道。「那棟建築物裡有什麼？」

「有個節目結束了，」盲眼男人說：「我的會衆。」

女孩從粗麻布袋裡拿出用繩子綑起的小冊子，給他其中兩疊。「妳跟另一個男孩過去那邊發，」他對她說：「我和跟蹤我的這個留在這裡。」

「他不能碰這些小冊子，」她說：「他別的都不想，就想把它們撕成碎片。」

「照我的吩咐去那邊。」盲眼男子說。

她在那裡站了一下，滿臉怒容，然後對以諾．艾摩瑞說：「你要來就來吧，」以諾從獅子上跳下來，跟著她到另一邊去。

海茲縮著身子下了一級台階，但那盲人的手猛地伸出，鉗住他的手臂，迅速耳語道：

「悔罪！去階梯頂上，棄絕你的罪惡，把這些小冊子分給眾人！」接著便把一疊小冊子塞進海茲手裡。

海茲猛然抽回手臂，但只是把那盲眼男子拉得更近而已。「聽著，」他說：「我跟你一樣乾淨。」

「通姦、褻瀆，還有什麼別的？」盲眼男人說。

「這些話不過是文字而已，」海茲說：「如果我在身上有罪，那麼這是在我做出任何事前，罪惡就已經存在了。我的身體內沒有任何變化。」他試著把那些手指從手臂上扳開，但盲眼男子繼續把手指握得更緊。「我不相信罪惡，」海茲說：「把你的手從我身上拿開。」

「耶穌愛你，」盲眼男子用平板的嘲弄語調說：「耶穌愛你，耶穌愛你——」

「耶穌並不存在，其他的什麼都不重要。」海茲說著，掙脫了他的手臂。

「去階梯頂分發這些小冊子然後——」

「我會把小冊子帶到那裡，然後扔進樹叢裡！」海茲吼道。「你瞧著，看看你能看到嗎。」

「我能看到的比你多！」盲眼男子喊道，並笑出聲來。「你有眼卻看不到，有耳卻聽不到，可是將來你總會有看到的那一刻！」

「你就看不是看得到！」海茲說著便衝上台階。一群人已經從禮堂大門出來，某些人已經走下一半台階。他手肘外張，像尖銳的翅膀從這些人中推擠而過，當他到達樓梯頂端，新的一群人又把他幾乎推回起點。他再次奮力穿過他們，到最後有人喊道：「給這白痴讓路！」人群才讓出一條路給他。他衝上階頂，再推擠到旁邊，然後站在那裡，怒目圓睜地喘著氣。

「我從來沒跟蹤過他，」他大聲說道：「我不會跟蹤那麼一個瞎眼的傻瓜。我的耶穌啊！」他貼著那棟建築站著，握著綑住那疊宣傳品的繩子。一個肥胖男子在他附近點起一支菸，海茲推推他的肩膀。「看下面那邊，」他說：「看到下面那個瞎子嗎？他在發小冊子順便乞討。耶穌啊。你該看看他，他還用女人的衣服裝扮那邊那個醜孩子，讓她去發小冊子。我的耶穌啊！」

「總有這種狂熱份子。」肥胖男子邊說邊走開。

「我的耶穌啊，」海茲往前靠向一個藍色頭髮、戴紅色木頭珠鍊的老女人。「女士，妳最好到另一邊去。」他說：「下面有個傻瓜在發小冊子。」老女人背後的人群推著她前進，但有那麼一刻，她那雙明亮的跳蚤眼盯著他看。他試著要穿過人群走向她，但她已經離得太遠，他又推擠著回到本來靠牆站立的地方。「上了十字架的善良耶穌基督啊，」他說：「我想告訴你們這些人一件事。也許你們認爲自己因爲沒有信仰而不純淨。但是，你們是純淨的，讓我告訴你們這點。你們這些人，每一個都是純淨的，讓我告訴你們爲什麼，如果認爲這是因爲耶穌基督上了十字架，那你們就錯了。我沒說他沒上十字架，但我說那不是爲了你們。聽著，我自己是傳教士，我傳布的是眞理。」人群移動得很快，就像一大片散開的分岔線頭，沿著黑暗的街道消失。「我不知道什麼存在，什麼不存在嗎？」他喊道：「我頭上沒長眼睛嗎？我是個盲人嗎？聽著，」他喊道：「我要爲一個新的教會傳教——沒有十字架上耶穌基督的眞理教會。加入我的教會，你什麼代價都不用付。這個教會還沒開始，不過就要開始了。」剩下的少數人瞥了他一、兩眼。有些小冊子散落在下方的人行道跟外側街道上。盲眼男人坐在底下的台階上。以諾・艾摩瑞在另一邊，站在石獅頭上，設法讓自己保持平衡，那女孩站在他附近，注視著海茲。「我不需要耶穌，」海茲說：「我爲何需要耶穌？我有李奧拉・華茲。」

他迅速地下了台階，到那盲眼男子所在的地方，停下腳步。他在那裡站了一下，那盲眼男子笑了起來。海茲走開了，開始穿過街道。那聲音刺向他身後時，他已經到了對街。他轉過身，看到盲眼男子站在街道中央大喊：「霍克斯，霍克斯，你想再跟隨我的話，我叫亞薩．霍克斯！」一輛汽車不得不突然轉向一邊以得撞上他。「悔罪！」他又喊又笑，還往前小跑一段，假裝要追上海茲並抓住他。

海茲把頭垂向拱起的肩膀，迅速走開。直到聽見另一個腳步聲來到背後之前，他都沒再回頭。

「現在我們甩掉他們了，」以諾．艾摩瑞喘著氣說：「幹嘛不去找個地方，給自己弄點樂子？」

「聽著，」海茲粗魯地說：「我有自己要做的事。我已經看夠你們了。」他開始走得飛快。

以諾保持著小跳步以便跟上。「我在這裡待了兩個月，」他說：「誰都不認識。這裡的人不友善。我給自己找了個房間，裡面除了我之外永遠沒有其他人。我爹說我得到這兒來。我本來永遠不會來的，但他逼著我來。我覺得好像幾年前的夏天見過你。你不是從史塔克威爾來的吧，是嗎？」

「不是。」

「梅爾西？」

「不是。」

「有一次我們去那裡架鋸木機。」以諾說：「你的臉看起來很面熟。」

他們繼續走著，直到再度走上大街為止，什麼話都沒說。這裡幾乎空無一人。海茲說：「再見。」

「我也走這邊。」以諾悶聲說道。左邊有家電影院，電燈片單布告欄正在更換內容。他低聲嘟囔：「我們沒被那些鄉下人困住，可以去看個電影。」他大步走在海茲手肘邊，用半囁嚅半哼唧抱怨的聲音說話。他一度抓住海茲的袖子想讓他慢下腳步，但海茲用力抽走衣袖。「是我爹叫我來的，」他用破掉的聲音說。海茲看著他，發現他在哭，他的臉又皺又濕，變得紫中泛紅。「我才十八歲，」他哭著說：「他逼我來這裡，我誰都不認識，這裡沒人想跟別人扯上任何關係。他們都不友善。他跟個女人跑了，還逼我來，但她待不久的，她還來不及把自己黏到椅子上坐定，他就會把她打個半死。你是我兩個月來看到的第一張熟面孔。好幾年前的夏天我見過你。我知道好幾年前的夏天我見過你。」

海茲板著臉筆直望著前方，以諾則繼續半囁嚅半哭訴。他們經過一個教堂，一家旅館，一家古董鋪，然後轉向華茲太太家所在的街道。

「如果你想給自己找個女人，不必去跟蹤像你送削皮器給她的那個孩子，」以諾說：「我聽說有間屋子，我們可以去那找點樂子。我下星期就能把錢還你。」

「聽著，」海茲說：「我只去我想去的地方——離這裡只隔兩道門。我有個女人。我有個女人，懂嗎？我就是要去那裡——去看她。我不必跟你去。」

「我下星期就能還你錢，」以諾說：「我在城裡的動物園工作。我是看門的，每星期領一次工錢。」

「離我遠點。」海茲說。

「這裡的人都不友善。你不是這裡的人，可是你也不友善。」

海茲沒有回答。他繼續走，脖子低垂貼著肩胛骨，好像很冷似的。

「你也一樣誰都不認識，」以諾說：「你沒女人也沒事可做。我頭一次看到你就知道了，你誰都沒有，什麼都沒有，只有耶穌。我一見到你就知道了。」

「這就是我要去的地方。」海茲說完，轉身走上人行道，沒再回頭看以諾。

以諾停下腳步。「是啊，」他哭喊道：「喔是啊，」然後他用袖子抹抹鼻下，止住鼻涕。「是啊，」他喊著：「去你要去的地方，不過看看這裡。」他拍拍口袋，衝上前抓住海茲的衣袖，對他晃著那個削皮器盒。「她給我這個。她把這給我了，你拿這一點辦法都沒有。她跟我說了他們住哪兒，還要我去看他們，帶著你去——不是你帶我去，是我帶你去——跟蹤他們的可是你。」透過淚水，他的眼睛閃閃發光，臉孔拉長形成一個邪惡扭曲的咧嘴笑容。「你裝得像是以爲自己的血比別人的更有智慧，」他說：「但你才不是！我才是有這種血統的人。不是你。是**我**！」

海茲什麼話都沒說。他在那裡，在台階中段站了一會兒，然後舉起手臂，用力甩出一直拿在手上的那疊小冊子。那疊小冊子砸中以諾的胸口，打得他嘴都開了。他站在那裡，目瞪口呆，看著那疊小冊子砸中他的身體，他轉過身，一拔腿便沿街跑開；海茲走進那屋子裡。

既然前一晚是第一次跟女人睡覺，他與華茲太太的經驗自然不是太成功。他完事以後，他就像被沖上岸送到她身邊的某樣東西，她則對他作了些猥褻的評論，這一整天裡，他斷斷續續想起這些事。他一想到要再去她那裡就覺得不自在。他不知道打開那扇門後，當她看到是他的時候她會說什麼。

當他打開門，她看到是他時，她說：「哈哈。」

那頂黑帽端端正正坐在他頭上。他戴著帽子進來，當帽子撞到天花板中央垂下的電燈泡，他脫掉了帽子。華茲太太在床上，正把某種油抹在臉上。她用手撐著下巴，注視著他。

他開始在房裡四處走動，檢視這個或那個東西。他的喉嚨更加乾燥，心臟開始緊攫著他，就像隻小猩猩抓著自己籠子的欄杆。他在她的床緣坐下，手裡握著帽子。

華茲太太咧嘴而笑，嘴角弧度銳利一如鐮刀的刀鋒。顯然她完全明白現在的狀況，連想都不用想。她把一切看進眼裡，就像流沙一樣。「那頂讓人看到耶穌的帽子啊！」她這麼說道，然後坐起來，從身子底下拉起睡袍脫掉。她伸手去拿他的帽子，放到自己頭上，然後手放在臀邊坐下來，用帽子滑稽地遮住眼睛。海茲瞪眼看了好一會兒，很快發出三聲其實是笑聲的雜音，接著便跳起來拉下電燈開關繩，然後在黑暗中脫掉衣服。

他小時候有過一次，父親帶他去看一個停在梅爾西的巡迴遊藝團。在旁邊有個要價比較高的帳篷。有個聲音像喇叭的乾癟男人在叫賣。他沒說裡面有什麼。他只說這裡面實在**太罪惡**太聳動，會讓任何想看的男人都花上三十五分錢，而且這表演實在太**絕無僅有**，一次只能讓十五個人進去。他父親把他送去一個有兩隻猴子跳舞的帳篷，然後自己走向那裡，走近物體堆成的牆壁，就好像他有往那裡去似的。海茲丟下猴子追上父親，但他沒有三十五分錢。他問那叫賣的人裡面到底是什麼。

「滾開，」男人說：「這裡沒汽水也沒猴子。」

「我已經看過猴子了。」他說。

「那好啊，」男人說：「滾吧。」

「我有十五分錢，」他說：「你為什麼不讓我進去，我可以只看一半的表演？」那是關於一個廁所的表演，他心想。有些男人在一個廁所裡。然後他又想，也許是一個男人跟一個女人在廁所裡。她不會想要我在那裡的。他再說：「我有十五分錢。」

「已經過了一半了，」男人邊說邊用草帽搧涼。「你走開。」

「那樣的話就只值十五分錢了。」海茲說。

「滾吧。」男人說道。

「是黑鬼嗎？」海茲問道。「他們對一個黑鬼做了什麼嗎？」

那男人從他站的平台上彎下身子，枯槁的臉上擠出一道憤怒的目光。

「你這念頭從哪來的？」他說。

「我不知道。」海茲說。

「你幾歲了？」男人問。

「十二歲。」海茲說。其實他才十歲。

「十五分錢拿來，」男人說：「給我滾進去。」

他把錢放到平台上，匆匆忙忙在表演結束前進去。他穿過帳篷的門，門內是另一個帳篷，他再走進去。他能看到的只有一群男人的背。他爬上一張長椅，從他們的頭中間往前看。他們在俯視一個低一點的地方，那裡有個白白的東西躺著，微微扭動，置身在一個黑布襯裡的箱子裡。有一會兒，他以為那是個被剝皮的動物，接著他看出那是個女人。她很胖，而且有張普通女人的臉，只是嘴角有顆痣，咧嘴笑時就會跟著動，她身體側邊也有顆痣。

「要是每個棺材裡都有個她們這種人，」在前排，他父親說：「一定會有一大票人搶著早些掛點。」

海茲不用看就能認出那聲音。他溜下長椅，倉皇地爬出帳篷。他從外層帳篷的側邊下方爬出來，因為他不想經過那個叫賣人身邊。他爬上一輛貨車後座，坐在貨車最偏遠的角落。巡迴遊藝團在外面製造吵雜的聲響。

他到家時，他母親站在院子裡的洗衣盆邊，兩眼直視著他。她總是穿黑衣，她的連身裙比其他女人都來得長。她在那裡站得筆直，緊盯著他。他挪到一棵樹後躲避她的視線，但過了幾分鐘，仍能感到她透過樹木直視著他。他又看到那個低陷的地方跟那個棺材，而且有個比棺材長得多的纖瘦女人在棺材裡。她的頭從一端伸出來，膝蓋抬高，好把身子塞進去。她有張骨感長臉，頭髮拉直貼著頭皮。他貼平靠著樹木，站著等待。她從洗衣盆邊走開，拿著根棍子來到他身邊。「你看到什麼了？」她說：「你看到什麼？」

「你看到什麼，」她不斷用同樣的聲調說著。她用棍子打他的腿，但他就像樹木的一部分一樣麻木。她說：「耶穌為了救贖你而死。」

「我從來沒要求過他。」他低聲嘟噥。

她沒再打他，但站在那兒注視著他，閉著嘴，而他為了體內無以名之亦不知所在的罪惡，忘了那帳篷裡的罪惡。過了一會兒她把棍子從手上丟開，回到洗衣盆邊，仍舊緊閉著嘴。

第二天他偷偷拿著鞋子進了樹林。除了重生布道大會與冬天外，他從不穿鞋。他把鞋子從盒子裡拿出來，在鞋底塡滿石礫跟小石子再穿上去。他緊緊綁住鞋帶，穿著這雙鞋穿越樹林，走了感覺有一哩長的路，直到來到溪邊，然後才坐下脫掉鞋子，埋進潮濕的沙子裡舒緩腳板。他心想，這應該夠滿足祂了。但什麼事都沒發生。如果有顆石子掉下來，他會把這當作徵兆。過了一會兒，他把腳從沙裡抽出來，弄乾之後，再穿上裡面有石頭的鞋子，回程時走了半哩路後才脫掉。

4

一大清早，還沒有任何光線照進房間前，他就從華茲太太床上起來了。他醒來時，她的手臂搭在他身上。他靠過去，把手抬起來放回她身邊，但沒看著她。他心裡只有一個念頭：他要買輛車。他醒來時，腦袋裡只有這個已經成形的念頭，他沒花心思想其他事情。他以前從沒想過要買車；甚至不曾動過擁有車子的念頭。他這輩子只在一輛車上稍微開過一下下，而且從來沒有駕照。他只有五十元，不過他覺得這應該夠買輛車了。他偷偷摸摸下床，沒驚動華茲太太，然後靜靜穿上衣服。到了六點半，他人已來到市區，開始尋找二手車賣場。

二手車賣場散布在分隔商業區與鐵路調車場的舊建築街區上。店家開始營業前，他就在這些賣場之間晃蕩。他從外面就能看出賣場裡有沒有值五十元的車。等到他們開張做生意，他迅速逛過這些賣場，不去注意任何想辦法要讓他看庫存的人。他的黑帽穩穩端坐頭上，臉上卻一副脆弱的神情，彷彿這張臉曾經打碎然後再重新黏合過，又或者像是一把已悄悄上了膛的槍。

這天空氣潮濕、光線扎眼。天空像一片磨亮的薄薄銀片，其中一角是神情乖戾的黯淡日頭。等到十點鐘，他已調查過所有像樣的店家，而且來到鐵路調車場附近。但就算這裡的二手車商，也滿是超過五十元的車。最後他來到一家夾在兩個廢棄倉庫間的賣場。入口有個招牌寫著：**史雷德的最新貨色**。

這裡有條碎石路通往車場中央，車場前方側邊有個鐵皮小屋，門上漆著「辦公室」。車場上其他地方塞滿了舊車與故障的機器設備。有個白人男孩坐在辦公室前一個汽油桶上，臉上一副擺明拒人於千里之外的表情。他穿著黑色雨衣，一頂皮帽遮住半邊臉孔，一邊嘴角有支香菸掛在那裡，上頭的菸灰大概有一吋長。

海茲開始往停車場後方走，他在那裡看到一輛特別的車。「嘿！」那男孩喊道：「你不能就這樣走進來。我會帶你看車。」不過海茲沒理他。他繼續朝剛才看到那輛車的後方走。男孩氣惱地跟在後面，滿口咒罵。他看到的車在最後一排。是輛車身加高的鼠灰色機器，有磨薄的大輪胎跟鼓突的車頭燈。他走到那輛車旁時，看到有邊車門用條繩子綁著，後車窗是個橢圓窗。這就是他要買的車。

「讓我見史雷德。」他說。

「你見他要做什麼？」男孩的聲音滿是不耐煩。他有張闊嘴，講話時只用一邊嘴角。

「我想見他談這輛車的事。」海茲說。

「我就是他。」男孩說。他藏在帽子下的臉，就像隻拔了毛的瘦鷹。他在碎石路對面一輛車的踏腳板上坐下，嘴裡繼續咒罵。

海茲繞過車子，然後從車窗往內看。車裡是黯淡泛綠的塵土色。後座不見了，不過座椅支架上塊二乘四吋的長形板材可坐。側邊兩面後窗上都有暗綠色帶穗邊的遮陽簾。他從前座兩面窗戶往內看，看到男孩坐在碎石路對面的車子踏腳板上。他一邊褲腿拉高，正在搔抓從一團爛巴巴的黃襪裡伸出的腳踝，一面吐痰似的從喉嚨深處咒罵連發。那兩扇車窗玻璃將他上了一層黃色，並扭曲了他的外形。海茲迅速從車子這頭移開，繞到前面。「它多少錢？」他問道。

「十字架上的耶穌，」男孩說：「被釘上去的基督啊。」

「它要多少錢？」海茲咆哮著，臉色更蒼白了。

「你覺得它值多少?」男孩說:「給我們『固』個價。」

「它連把它運走的價都不值。我還不一定會買呢。」

男孩把所有注意力都放在腳踝上,那裡有個痂。海茲抬起頭,看到一個男人從男孩那方向的兩輛車中間走來。等他更近一點,海茲看到那男人跟男孩簡直一個模子刻出來的,只是男人高了兩個頭,戴著一頂汗漬斑斑的棕色毛氈帽。他從男孩身後那排車子之間穿過。走到男孩正後方時,他停下等了一秒。然後,他強忍著吼道:「把你的屁股從踏腳板挪下來!」

男孩一陣亂吼,隨即鑽過兩輛車中間倉促消失。

男人站在那裡注視海茲,問道:「你要什麼?」

「這裡這輛車。」海茲說。

「七十五塊。」男人說。

停車場兩邊各有一座舊建築,磚紅色的牆上開著黑色的空洞窗戶,在那後面還有另一棟進窗都沒有的屋子。「多謝啦。」海茲說完便回頭往辦公室走。

他走到門口時,回頭一瞥,看見男人在後方約四呎遠。男人說:「可以講講價嘛。」

海茲跟著他回到車子那裡。「你不是每天都能碰到這種車的,」男人在那男孩坐過的踏腳板上坐下。海茲沒看到男孩，接著又瞅見他在隔著兩輛車外的另一輛車子引擎蓋上。他坐在那裡縮著身子，像凍僵似的，臉上掛著冷淡乖戾的表情。「輪胎都是新的。」男人說道。

「這台車剛出廠的時候是新的。」海茲說。

「幾年前出廠的時候它算很不錯的，」男人說：「現在他們不做好車了。」

「這車你要多少錢？」海茲又問一次。

男人眺望遠方，思考著。過了一會兒他說：「或許我可以賣你六十五塊。」

海茲靠在車子，開始捲起香菸，但一直沒法捲好，先是菸草灑了，然後連捲菸紙都掉了。

「呃，你想出多少錢？」男人問道。「我可不會拿這樣一台艾賽克斯當克萊斯勒賣。那邊那台車可不是一群黑鬼做得出來的。

「現在黑鬼都到底特律去了，在那兒組裝車子，」他設法讓對話繼續。「我在那兒待過一陣子，親眼見識過。所以我就回家鄉了。」

「我不會用超過三十塊錢買這台車。」海茲說。

「他們那裡有個黑人，」男人說：「膚色幾乎跟你或我一樣淡。」他脫掉帽子，然後用手抹了一圈帽內的吸汗帶。他頭上胡蘿蔔色的紅髮稀稀落落。

「我們開它出去繞繞，」男人說：「還是你喜歡鑽到車下檢查看看？」

「不用了。」海茲說。

男人瞥了他一眼。「你離開的時候會掏錢的，」他講得很輕鬆。「你在別地方找不到你要找的車，換作其他人，可是謝天謝地能拿到這個價。」隔著兩輛車，那男孩又開始飆髒話，聽起來像一陣乾咳。海茲突然轉過身，一腳踹向前輪。「我告訴過你，那些輪胎不會爆的。」男人說。

「多少錢？」海茲說。

「我可以用五十塊錢賣你。」男人出了價。

海茲買下這車之前，男人替車加了點油，還載著他沿街繞了幾圈來證明它跑得動。男孩在後座的二乘四吋板材上弓身坐著，嘴裡仍在咒罵不停。「他有點毛病，老是這樣爆粗口，」男人說：「反正別理他。」車子行進間會發出高亢猶如嚎叫的噪音。男人踩下煞車，以證明煞車運作良好，男孩頓時從那塊木板上被甩向他們的頭邊。「天殺的，」男人吼道：「你不要那樣撞過來。把你的屁股穩穩坐在木板上。」男孩什麼話都沒說，甚至沒罵髒話。海茲回過頭看，他坐在那裡，在黑色雨衣裡縮成一團，黑色皮帽往下拉到幾乎遮住眼睛。唯一的不同是他已經撣掉了香菸上的菸灰。

他花了四十元買下這輛車，然後再多付那男人一點錢買了五加侖汽油。男人叫男孩進辦公室，拿個五加侖的油罐去裝滿加進油箱。男孩一路咒罵走來，吃力地提著那黃色汽油罐，整個人幾乎攔腰折成兩半。「給我，」海茲說：「我自己來。」他十萬火急地想開車走人。男孩把油罐從他手裡搶過來，直起身子。其實油罐才半滿，但他把罐子高舉過油箱上方，讓那「五加侖」的油慢慢倒進油箱。整個過程中，他不斷唸著：「甜美的耶穌，甜美的耶穌，甜美的耶穌。」

「他爲什麼不閉嘴？」海茲突然說：「他一直那樣講話是爲什麼？」

「我從來不曉得他哪裡不對。」男人說著聳了聳肩。

車子準備好後，男人跟男孩站在一旁看著他把車開走。他不想要任何人盯著他看，因爲他有四、五年沒開車了。當他試著發動車子，男人跟男孩什麼話都沒說。他們只是站在那裡，盯著他瞧。「我要這車主要是爲了住在裡面，」他對男人說：「我沒地方可待。」

「你還沒放掉煞車。」男人說。

他放掉煞車，車子就往後猛衝，因爲男人把車停在倒車檔上。片刻之後，他就讓車往前進，他開得歪歪扭扭，駛過過仍站在那裡盯著看的男人跟男孩身邊。他繼續專心一致地往前開，開得渾身冒汗。很長一段時間，他一直開在同一條路上，費力地讓車子保持在路面上。過了鐵路調車場大約半哩路後是倉庫區。當他試著讓車慢下來，車子就熄火了，他不得不重新發動。他經過幾個很長的街廓，這裡全是灰色的房屋，接下來的街廓比較好，是黃色的屋子。這時開始下起毛毛雨，他打開雨刷，結果發出有如兩個傻瓜在教堂裡用力鼓掌的巨大噼啪聲。他又經過幾個有白色房屋的街廓，那兒的屋子每一棟看起來都像是坐在一方草地上的醜陋狗臉。最後他開過一座高架橋，開上了公路。

他開始開得非常快。

公路上雜亂地點綴著加油站、拖車營地與餐館。過了一會以後有些土地，紅色的溪溝從道路兩側陷落，更遠處是一片片插著「六六六」廣告板的田野。整個天空都在漏雨，接著雨水也開始漏進車裡。這時排成一列的豬隻挺著鼻子從路邊溝裡爬上來，他不得不吱嘎一聲踩下煞車，然後注視著最後一隻豬的屁股搖晃著走進馬路另一邊的溝渠後消失不見。他再次發動車子，繼續往下開。他有種感覺，他看到的一切，都是某個曾經發生在他身上，卻被他遺忘的巨大空白之物斷裂的碎片。一輛黑色小貨車從他前方一條小路拐出來，車後貨斗上綁了張鐵床和一副桌椅，在這些東西上面，還有一群裝在條板箱裡的蘆花雞。小貨車開得非常慢，發出隆隆聲響，而且就開在道路中間。海茲開始用力按喇叭，直到按了三次之後，他才醒悟到喇叭其實沒發出任何聲響。條板箱裡塞了太多濕漉漉的蘆花雞，以至於面對他的那幾隻都把頭伸出欄外了。貨車沒有加快速度，他只得被迫慢慢開。被雨浸透的田野往兩側延伸，直到遇上一片矮松林爲止。

道路轉向，開始下坡，一側路旁有道上面立著松樹的高堤，對面的溪溝壁上突出一塊灰色大圓石。大圓石上用白色字母寫著，**瀆神與淫亂之人將受災殃！地獄會呑噬你嗎？**小貨車變得更慢了，彷彿正在讀那個標語，海茲又用力按下無聲的喇叭。他用力打了又打，喇叭就是不發出任何聲音。小貨車繼續開一路顛簸載著那群悶悶不樂的蘆花雞前往下一座山丘。海茲的車停下來，他的目光轉向標語底部的四個字。這裡用較小的字母寫著：「耶穌拯救」。

他坐在那裡望著標語，沒聽到喇叭聲。有輛彷彿火車車廂的油罐車在他後頭。片刻之後一張紅色方臉出現在車窗旁。那張臉盯著他的頸背跟帽子看了好一會兒，接隻有隻手伸進來放在他肩上。「你爲什麼停在路中間？」卡車司機問道。

海茲保持臉上脆弱的平靜神情，轉向他說：「把手從我身上拿開，」他說：「我在讀那標語。」

司機的表情跟那隻手維持原狀，似乎他聽得不太清楚。

「沒有人是淫亂之人，他們並非生來就帶著過錯，」海茲說：「那不是罪惡，瀆神也不是。罪惡早在它們出現前就存在了。」

卡車司機的臉仍和先前一模一樣。

「耶穌是用來對付黑鬼的詭計。」海茲說。

司機把兩隻手都放上窗邊，抓住窗戶。他看起來好像打算舉起這輛車。「你要把你該死的戶外廁所從路中間移開嗎？」他說。

「我不必逃離任何東西，因為我什麼都不信。」海茲說道。他和司機彼此注視了大約一分鐘。海茲的表情更加疏離；另一個計畫在他心裡成形。他問道：「動物園在哪個方向？」

「從另一邊往回走，」司機說：「你是從那裡逃出來的嗎？」

「我得去看個在裡面工作的男孩。」海茲說著便發動車子，留下那司機站在原地，站在漆著字的大圓石前方。

5

那天早上，以諾．艾摩瑞一醒來就知道，能讓他展示「它」的對象今天會來。他從血液中感覺得到。他體內流著智慧之血，就像他爹一樣。

那天下午兩點，他向第二班大門警衛打招呼。「你雖然只遲到十五分鐘，」他惱怒地說：「可是我留在這裡。我可以走掉，但我留下來了。」他穿著綠色制服，領口和袖子有黃色滾邊，褲腿外側也各有一條黃色直條飾邊。第二班警衛，一個臉孔往外凸，質地有如頁岩的男孩，嘴裡叼著根牙籤，他也穿著同樣的制服。他們所站的大門是用鐵桿鑄成的柵門，兩側門柱是用水泥澆灌，做成兩棵樹的形狀；彎向上方的枝條連成門頂，上面用彎曲盤繞的字形寫著：**城市森林公園**。第二班警衛靠著其中一根樹幹，開始用牙籤戳著齒縫。

「每一天，」以諾抱怨道：「看來我每五天都得損失十五分鐘站在這兒等你。」

每天他下班後，都會走進公園，而每天他進去之後都做一樣的事。他先去游泳池。他怕水，但如果池裡有女人，他就喜歡堤岸上俯瞰看她們。有個每週一來的女人，穿著一件兩邊屁股各有一道裂口的泳裝。起初他以為她不知道，所以不敢大剌剌盯著看，而是爬進樹叢中暗自竊笑，再從那裡偷瞧。池子裡沒有別人——到四點前不會有什麼人來——可以告訴她有裂口的事，而她在水裡到處掀起水花，然後躺在池畔睡了幾乎一小時，整段過程中都沒懷疑有人在樹叢裡看著她。然後另一天，他待得稍微晚一點，看到三個女人，她們的泳裝全部都有裂口，池子裡都是人，但沒人特別注意她們。城市就是這樣——總是讓他驚訝。他覺得想要時就去找妓女，但在公開場合看見放蕩行徑總讓他震驚。他爬進樹叢是出於禮貌。經常有女人會把泳衣肩帶拉下來，然後攤平躺著。

公園是城市的核心。他來到了城市，然後——帶著血液中的本能的感知——將自己安置在城市的核心。每一天他都注視著城市的核心；每一天，都讓他感到震懾、敬畏而不知所措，以至於光想到這點都讓他冒汗。他在公園中心發現了一樣東西。這是個謎，雖然它就在那裡，放在一個人人都能看到的玻璃櫃，上面還有一張詳細說明的字卡。不過有種東西是字卡不可能說明白的，那字卡無法言說東西就在他體內，是一種無可言傳的恐怖知識，宛如巨型神經般在他體內生長的恐怖知識。他不能就這樣把這個謎隨便展示。展示這個謎的對象，必須是個特別的人。這個人不能是城市來的人，這是爲什麼他也不知道。他只知道等他見到那個人時就能認得出來，而且他知道自己必須快點見到這人，否則體內的神經會長得太大，進而逼他得去偷車、搶銀行、或者從暗巷竄出跳到女人身上。整個早上他的血液都在說，那個人今天會來。

他離開了第二班警衛，從一條隱密步道走近游泳池，那條步道是從女用更衣室後面通往可以一眼看見整個泳池的一小片空地。池裡沒有人——池水是飲料瓶的綠色，而且沒有動靜——但他看到那女人跟兩個小男孩從另一頭過來，朝著更衣室去。她大致每隔一天就來，還會帶著兩個小孩。她會跟他們一起下水，沿著泳池游另一頭，然後躺在池邊的陽光下。她穿的是件沾了污點的白色泳衣，像個袋子似地套在身上，以諾經常愉快地窺視她。他從坡頂上的一塊小空地，移往一片忍冬叢中。樹下有條不錯的通道，他往裡爬，直到抵達一個稍微寬敞的地方爲止，他習慣坐在這裡。他先把位置安頓好，然後調整忍冬叢，讓他能夠透過樹叢清楚地看到外面。每次他鑽進樹叢，臉就脹得通紅。要是有人在這裡撥開忍冬枝條，一定會以爲自己見了鬼，然後從山坡往下滾進泳池。這時，女人和兩個小男孩進了更衣室。

以諾從來不曾跳過流程直接進入公園的黑暗秘密核心。那是下午活動的高潮。之前所做其他事的累積就是爲了這一刻。他離開樹叢後，會去「霜凍瓶子」，那是個外形做成橘子汽水瓶狀的熱狗店，瓶子頂端還漆上藍色的霜。他會在這裡喝杯巧克力麥芽奶昔，對女侍來幾句曖昧的調情對話，他相信那女侍其實暗戀著他。在那之後，他會去看動物。牠們都待在一長排像電影裡阿爾卡茲監獄的鐵籠中。冬天時籠子會用電力保暖，夏天則有空調，而且僱了六個男人伺候這些動物，餵牠們丁骨牛排吃。這些動物不用做任何事，只管到處躺著。以諾天天看著他們，心中充滿敬畏與憎恨。然後他會去**那裡**。

那兩個小男孩衝出更衣室，跳進水裡，而同時有個刺耳的噪音從池子另一邊的車道傳來。以諾的頭冒出樹叢中。他看到一輛高大的鼠灰色汽車經過，聽起來簡直像把引擎拖在車後走似的。車子經過這裡，他聽見車子的喀喀聲響繞過車道轉角，繼續往前開。他仔細聆聽，試著聽出車子會不會停下來。噪音先是消退，又逐漸變得大聲。車子再次經過。以諾這次看到車裡只有一個人，是個男人。車聲再度消失，然後又變大聲。車子第三次經過，接著幾乎就停在池子另一頭以諾的正對面。車裡的男人看著窗外，再往下看向延伸到水邊的草坡，兩個小男孩正在水裡潑水尖叫。以諾的頭盡可能從樹叢往外伸，他瞇著眼瞧。駕駛座的車門是用繩子綁著，於是男人從另一邊車門下來，走到車前，沿著通往池塘的山坡往下走到一半。他在那裡站了好一會兒，好像在找人，然後體態僵硬地在草地上坐下。他穿著一件藍色西裝外套，戴頂黑帽子。他坐下時膝蓋往上收。「喔，眞想不到，」以諾說：「喔，眞想不到啊。」

他立刻開始往樹叢中往外爬，心臟跳得飛快，簡直可比遊藝市集上沿著坑洞四壁高速繞圈的摩托車。他甚至記得這男人的名字──海索．莫茲先生。他一下子就四肢著地出現在忍冬樹叢末端，看著泳池對面。那藍色人影仍以相同姿勢坐在那裡。他彷彿被一隻隱形的手定在那裡，好像只要那隻手一放開，那人影就會一躍彈到泳池對面，而且依舊面不改色。

女人從更衣室出來，走上跳水板。她展開雙臂，開始彈跳，板子發出很大的拍動聲。接著突然之間，她往後一旋身，便消失在水面下。海索．莫茲先生緩慢地轉動頭部，看著她下水的動作。

以諾站起來，從更衣室後面的小路走下去。他偷偷摸摸從另一側走出來，開始走向海茲。他在坡頂停了一下，然後沿著人行道邊緣的草地輕輕移動，沒發出任何聲音。當他來到海茲正後方，他在人行道邊緣坐了下來。要是他的雙臂有十呎長，就能把雙手放到海茲肩膀上。他安靜地仔細觀察他。

女人正爬出泳池，把身體往上拉到池邊。起初出現的是她的臉，一張死灰色的長臉，繃帶似的泳帽往下幾乎拉到雙眼，還有嘴裡露出的一口尖牙。接著她用雙手往上撐，直到一隻大腳和一條腿從身後出現，接著是另一邊的腳跟腿，然後整個人出了池子，蹲在那裡喘氣。她放鬆地站起來，甩甩身子，然後踩進身上滴下聚成的水窪。她面向他們，咧嘴笑了起來。以諾能看到海索．莫茲注視著那女人的側臉。那張臉並未回以一笑，而是繼續注視著她踮著腳走向一塊有陽光的地方，幾乎就在他們所坐之處的正下方。以諾於是挪近一點好看清楚。

女人在那片陽光中坐下，脫掉了泳帽。她的短髮一團糾結，從紅棕到黃綠各色雜陳。她甩甩頭，然後再次抬頭看向海索．莫茲，露出尖牙對他微笑。她在那方陽光下伸展身體，舉起膝蓋，然後把背脊穩穩放下貼著水泥地。池水另一頭的兩個小男孩，正互相推對方的頭去撞泳池邊緣。等她平貼著水泥地，身子放平穩了，便伸手向上，把肩上的泳衣肩帶拉下來。

「吾王耶穌啊！」以諾悄聲說道，就在他能把視線從女人身上移開前，海索．莫茲跳了起來，幾乎就要走到車旁。那女人身子坐直，上半截泳衣便落了下來，一時間，以諾不知該看哪個方向。

他硬是把注意力從那女人身上移開，衝出去追著海索．莫茲。「等等我！」他大喊，還在已經嘎嘎作響準備上路的車頭前揮舞雙臂。海索．莫茲熄掉引擎，擋風玻璃後的那張臉滿是不悅，氣鼓鼓地像隻青蛙。那張臉看似封著一聲沒發作的怒吼；那張臉看似幫派電影中某間密室的門，裡面有個綁在椅子上，嘴裡還堵了條毛巾的人。

「喔，」以諾說：「我說，這不是海索．莫茲嗎。你好嗎，海索？」

「警衛說我可以在游泳池這邊找到你，」海索．莫茲說：「他說你會躲在樹叢裡偷窺女人游泳。」

以諾的臉一下子紅了。他說：「我一『籽』都很欣賞游泳這件事，」然後把腦袋再探向車窗內，叫道：「你在找我？」

「那個瞎子，」海茲說：「那個姓霍克斯的瞎子──他的孩子有跟你說他們住哪嗎？」

以諾似乎沒聽見，又說：「你是特別來這裡看我的？」

「亞薩．霍克斯。他的孩子給了你那個削皮器。她有跟你說他們住哪嗎？」

以諾把頭從車裡縮回。他打開車門，爬進去坐在海茲旁邊。有好一會兒他就這麼舔著嘴唇，注視著海茲。然後他悄聲說：「我得給你看樣東西。」

「我在找那些人，」海茲說：「我得去見那男人。她有跟你說他們住哪裡嗎？」

「我得給你看這樣東西。」以諾說：「我一定要讓你看，就在這裡，今天下午就去看。我一定得這樣做。」他輕推海索．莫茲的手臂，海茲一把甩開。

「她有跟你說他們住哪裡嗎？」他再說一次。

以諾繼續舔著嘴唇。除了長出紫色唇皰疹的部分以外，他的嘴唇一片慘白。「當然了，」他說：「她不是要我去看她，而且帶著我的口琴去嗎？我得給你看這東西，然後我就告訴你。」

「什麼東西？」海茲嘟噥道。

「我一定得給你看這東西，」以諾說：「直直往前開，我會跟你說停在哪裡。」

「我不想看你的任何東西，」海茲．莫茲說：「我想要那個地址。」

以諾看都不看海索．莫茲。他望向窗外，然後說：「除非你來，否則我記不得那地址。」一分鐘內車子發動了。以諾的血液飛快搏動。他明白到那裡之前，得先去霜凍瓶子跟動物園，而且預期會與海索．莫茲有番難纏的拉鋸。他接下來得把海索弄到那裡，就算得用石頭打海索的頭、把他扛在背上走過去都得做。

以諾的大腦分成兩個部分。跟他血液溝通的那部分負責思考，但向來一語不發。另一部分儲備著各種文字和詞句。在第一部分想著要怎樣讓海索．莫茲路過霜凍瓶子和動物園時，第二部分問道：「你是打哪弄來這台好車的？你該為自己在車上漆些標語，像是『上吧，寶貝』——我看過一台上面漆了這句話的車，後來我還看過另一台，上面說……」

海索．莫茲的側臉簡直像是一面石雕。

「我爹曾經有一台黃『設』的福特汽車，他買彩票贏的，」以諾嘟噥著：「它有個可以往上捲的頂篷，兩根天線，還有條松鼠尾巴，全都隨車附送。後來他拿去換別的東西了。停在這裡！停在這裡！」他嚷嚷著——他們正好經過霜凍瓶子。

「它在哪裡？」他們一進去，海索．莫茲就問道。他們身在一個陰暗的房間，有個櫃台橫跨房間後方，棕色凳子像毒菌似地立在櫃台前。進門的對面牆上，有個冰淇淋廣告，畫了隻打扮成家庭主婦的乳牛。

「它不在這裡，」以諾說：「路上我們得在這裡停一下，弄點東西吃。你要什麼？」

「什麼都不要，」海茲說。他僵硬地站在房間中央，雙手插進口袋。

「嗯，你坐一下，」以諾說：「我得喝點飲料。」

櫃台後閃出一個人影，一個頭髮短得像男人的女人從原本坐著讀報的椅子上起身，走上前來。她一臉不快地看著以諾。她一度潔白的制服上沾著棕色污跡。「你要什麼？」她湊向他耳邊大聲問道。她有張男人的臉跟一雙肌肉壯碩的手臂。

「我要巧克力麥芽奶昔，小寶貝，」以諾輕聲說：「上面還要很多冰淇淋。」

她猛地轉過身，然後瞪著海茲。

「他說他什麼都不要，只要坐下來看妳一會兒，」以諾說：「他不餓，只是來看妳的。」

海茲神情木然地看著那女人，她轉身背對他，開始調製奶昔。他在這排凳子的最後一張坐下，然後開始把指關節折得噼啪作響。

以諾小心翼翼地觀察他。「我猜你有了些改變。」幾分鐘後他開口說道。

海茲站起來。「把那些人的地址給我。現在就給。」他說。

以諾一瞬間就想到了——警察。突然間他一臉恍然大悟。「我感覺你不會昨晚那麼高傲了，」又說：「我想也許，」他再說：「你現在不像當時那麼理直氣壯了。」那台車是偷的吧，他心想。

海索．莫茲往後坐回去。

「在游泳池那邊你怎麼能那麼快跳起來?」以諾問道。那女人回身面向他，手上拿著那杯麥芽奶昔。「當然了，」他邪惡地說：「我也不會跟那種醜貨扯上關係。」

女人把麥芽奶昔往他面前的櫃台重重一放，吼道：「十五分錢！」

「妳的價碼不只這樣哦，小寶貝。」以諾說完開始竊笑，透過吸管吹著他的麥芽奶昔。

女人大步走向海茲所在的地方。「你跟那狗娘養的混蛋一起進來幹嘛?」她叫罵著：「你這種乖巧安靜的男孩，卻跟那狗娘養的混蛋進來這裡。你交朋友要小心啊。」她名叫茉德，整天都在喝藏在櫃台底下果汁瓶裡的威士忌。「耶穌啊，」她邊說邊用手背抹過鼻子下方。她在海茲面前的一張直背椅坐下，卻面向以諾，雙臂交抱胸前。「每一天，」她對海茲說話，卻同時盯著以諾：「每一天這狗娘養的都會來這裡。」

以諾在想著動物。他們接下來得去看那些動物。他恨那些動物；光想到牠們就讓他的臉脹成巧克力紫，彷彿麥芽奶昔直衝上了腦。

「你是個好男孩，」她說：「我看得出來，你沒惹上什麼麻煩，好好潔身自愛，別跟那邊那狗娘養的鬼混。我一眼就看得出誰是乾淨的好男孩。」她對著以諾大吼，以諾卻注視著海索．莫茲。雖然看似不動聲色，但海索．莫茲體內似乎有個東西正上緊發條。那件藍西裝裡的他看起來一副快被壓扁的樣子，彷彿西裝裡那東西的發條上得越來越緊。以諾的血液告訴他要趕快，他於是加緊用吸管把奶昔吸上來。

「對，先生，」她說：「沒有什麼比正經乾淨的男孩子更美好的。上帝爲證。我一眼就能看出誰乾乾淨淨，誰又是狗娘養的，那中間的差別大了去了。那個用吸管猛吸、臉上流膿的混蛋是個天殺的狗兒子，你是腦袋比較好的乾淨男生，怎麼會跟他作伴啊。我一眼就能看出誰是乾淨的好男孩。」

以諾吸到玻璃杯底，發出噗嚕聲響。他從口袋撈出十五分錢，把錢放上櫃台後起身。可是海索·莫茲已經站起來了；他靠著櫃台，靠向那女人。一開始她正看著以諾，所以沒看到他。他把重量放在雙手上，身子傾向櫃台，直到他的臉離她的只剩一呎爲止。她轉身瞪著他看。

「來吧，」以諾開口了：「我們沒時間跟她吵嘴了。我得馬上給你看這個，我有……」

「**我是**乾淨的。」海茲說。

直到他再講一次，以諾才聽懂了那些字。

「**我是**乾淨的。」他又說一次，不管他的臉或聲音都沒有任何表情，只是注視著那女人，彷彿看著一堵牆。他又說：「如果耶穌存在，我就不會是乾淨的了。」

她盯著他，先是震驚，然後狂怒。「你怎麼會以爲我在乎這個啊！」她喊道：「天殺的我爲什麼要在乎你是什麼！」

「來吧，」以諾哀怨地說：「來吧，不然我就不跟你說他們住哪了。」然後抓著海茲的手臂，把他從櫃台邊往後拉，再繼續拉向門口。

「你這混蛋！」女人尖叫道：「你怎麼會以爲我在乎你們這裡的哪一個骯髒小子？」

海索．莫茲迅速推開門出去。他回到車上，以諾跟在後面上了車。「好了，」以諾說：「沿著這條路直直往前開。」

「你告訴我這個想幹嘛？」海茲說：「我不會待在這裡，我必須離開。我再也不能待在這裡了。」

以諾打著顫。他開始舔濕嘴唇。「我得給你看那個，」他聲音粗啞地說：「我不能讓別人看，只能給你看。我看到你開車到游泳池這裡的時候，有徵兆告訴我那就是你。我整個早上都知道有人會來，然後我就看到你出現在游泳池，我看到這個徵兆。」

「我不在乎你的徵兆。」海茲說。

「我得天天看到它，」以諾說：「我每天都去，但我甚至不能帶任何別人跟我一起去。我得等待徵兆。一但你看過它，我就把他們的地址告訴你。你得看看，」他說：「等你看到它，某件事就會發生。」

「沒有任何事會發生。」海茲說。

他再度發動車子，以諾在座位上往前傾。「牠們那些動物，」他嘟噥道：「我們得先走過牠們。這花不了多久時間。花不到一分鐘。」他看著那些動物眼神不善地等著他，準備害他浪費時間。他想著要是警察現在響著警笛、開著巡邏車呼嘯著來到這裡，就在他能讓海索・莫茲看到「它」之前就把海索抓走了該怎麼辦。

「我得去看那些人。」海茲說。

「這裡停！這裡停！」以諾喊道。

那裡有一長排閃亮的鐵籠一路往左延伸，而在鐵欄杆後，有黑色的形體坐著或走來走去。「下車，」以諾說：「這花不了一下子時間。」

海茲下了車。然後他停住，開口說：「我得去看那些人。」

「好啦，好啦，來吧。」以諾哀怨地說。

「我不相信你知道地址。」

「我知道！我知道！」以諾哭喊著：「地址的第一個數字是三，現在來吧！」他把海茲拉向那些籠子。兩隻黑熊坐在第一個籠子裡，彼此相對，像是兩位在喝下午茶的家庭主婦，牠們的表情優雅，十分怡然自得。「牠們什麼事都不做，就整天坐在那裡發臭，」以諾說：「每天早上有個男人會過來，用根水管洗牠們的籠子，但那味道還是臭到像沒洗過一樣。」他又經過另兩個關熊的籠子，但沒看那些熊，然後停在下一個籠子前，那裡有兩隻有雙黃眼的狼，在籠子的水泥地邊緣嗅來嗅去。「土狼，」他說：「土狼對我沒有用。」他靠近一些，然後對著籠子吐痰，吐中了其中一隻狼的腿。牠竄到一旁，給他一個乜斜的惡毒眼神。有那麼一刻，他忘了海索．莫茲。然後他迅速回望，確定海茲還在那裡。海茲就在他背後。他沒在看那些動物。以諾心想，他在想那些警察吧。以諾說：「來吧，我們沒時間看接下來那些猴子了。」通常他會在每一個籠子前面停留，同時出聲自言自語，講些猥褻的評論，但今天那些動物只是他得走過一次的形式而已。他匆匆通過那些猴子籠，三番兩次回頭確定海索．莫茲還在身後。在最後一個猴子籠前，他彷彿忍不住似地還是停了下來。

「看看那隻猩猩，」他一邊說，一邊怒目而視。那隻動物背對著他，除了個小小的粉紅屁股，全身上下都是灰毛。「如果我有那種屁股，」他一本正經地說：「我會好好坐著，不會曝露給公園裡的所有人看。來吧，我們不用看接下來那些鳥。」他從鳥籠旁邊跑過，接著就來到動物園的盡頭。「現在我們不需要車了，」他說著往前走：「我們會直接走下那座山丘那邊，穿過這些樹。」海茲停留在最後一個鳥籠那裡。「噢，耶穌啊。」以諾呻吟道。他站在那兒瘋狂揮動雙臂，同時喊著：「來吧！」可是海茲仍盯著鳥籠內的某處，一動也不動。

以諾跑回他身邊，抓著他的手臂，可是海茲把他推開，繼續望著籠內。那裡面是空的。以諾定睛一看。「這是空的！」他喊道：「你盯著那破鳥籠幹嘛？過來！」他站在那裡，大汗直流，一張臉脹成了紫膛色。「那是空的！」他喊道。接著，他看出了籠子不是空的。在籠子的地板一角，有隻眼睛。那隻眼睛在某個東西的中間，那東西看似坐在一塊老舊破布上的拖把頭。他瞇著眼靠近鐵網，看出那塊拖把頭是隻睜著一隻眼的貓頭鷹。牠直盯著海索．莫茲。「那什麼都不是，只是隻老貓頭鷹，」他呻吟著：「你以前就看過這種東西啦。」

「**我是**乾淨的。」海茲對那隻眼睛說。他的神情和他對霜凍瓶子的女侍說這句話時一樣。那隻眼睛輕柔地閉上，貓頭鷹把臉轉向牆壁。

他謀殺了某個人，以諾心想。「噢甜美的耶穌，過來吧！」他哀嚎著。「我得現在就給你看這個。」他只把海茲從籠子旁邊拉開幾呎，海茲就又停下來，注視著遠處的某樣東西。以諾的視力很差。他瞇著眼，看出他們背後遠處的馬路上有個人影。在那人影兩側，有兩個較小的人影在跳動。

海索．莫茲突然回身面對他，然後說：「這東西在哪裡？咱們現在就去看，把這事辦完。來吧。」

「我不就一直設法要帶你過去那裡嗎？」以諾說。他感覺到汗水在身上漸漸乾涸，皮膚傳來一陣陣刺痛，甚至連頭皮也是。他說：「我們得過這條馬路，然後走下這個山丘。我們得走路過去。」

「爲什麼？」海茲嘀咕道。

「我不知道。」以諾說。他知道自己身上會發生某件事。他的血液不再搏動了。這段期間它本來一直像擊鼓那般敲個不停，現在卻停了。他們開始下山。這是個陡峭的山坡，長滿了從地面以上四呎漆成白色的樹。這讓它們看起來像是穿著短襪。他抓住海索．莫茲的手臂。「越往下走會越潮濕。」他說著，茫然地環顧四周。海索．莫茲把他的手甩掉，以諾立刻又抓住他的手臂，要他止步。他指向下面的樹林後方說：「**協物官**（Muvseevum）。」這個奇特的詞彙讓他顫慄。這是他第一次出聲說這個詞。在他所指的地方，一座灰色建築露出部分結構。隨著他們往下走，它變得越來越大，當他們來到樹林盡頭，踏上林外的碎石車道，它似乎又瞬間縮小。它是圓形的煤灰色建築。它的正面有一列柱子，柱子之間有個將水罐舉在頭頂的無眼女人石雕。柱子上方有個水泥橫幅，用陰文刻著「博物館」（MVSEVM）這個詞。以諾很怕要再次唸出這個詞[2]。

「我們得走上那些台階，然後穿過前門，」他悄聲說道。距離前廊要走十級台階。大門寬敞而黑暗。以諾謹慎小心地把門推開，把頭探進門縫中。過了好一會兒，他把頭伸出來說：「好啦，繼續往裡走，腳步輕點。我不想驚醒那個老警衛。他對我不太友善。」他們走進一個黑暗的大廳。這裡有濃重的亞麻油地氈與工業用雜酚油味，在這兩種氣味後面還有第三種氣味。這是種埋藏在底下的氣味，以諾想不起以前曾經聞過類似的任何東西。大廳裡什麼都沒有，只有兩個甕和一個老男人，他在貼著牆面的直背椅上睡著了。他像以諾一樣穿著某種制服，但他看起來像是隻黏在那裡的蜘蛛乾屍。以諾望向海索·莫茲，想知道他有沒有聞到那股埋在底下的味道。他看起來像是聞到了。以諾的血液又開始搏動，催促他上前。他抓住海茲的手臂，踮著腳穿過大廳，來到大廳盡頭另一扇黑門前。他打開一道小縫，把頭探進那道縫中，接著立刻就把腦袋抽出，鉤著手指要海茲跟上。他們進了另一個大廳，格局和上一個相同，只不過方向轉了九十度。「它在那邊第一扇門裡。」以諾小聲說道。他們進入一個都是玻璃櫃的黑暗房間。沿著牆面擺滿了玻璃櫃，另有三個棺材似的櫃子在地板中央。牆邊那些櫃子裡都是鳥，斜著身子站在上了亮光漆的樹枝上，用乾枯的鮮活表情往下俯視。

「來吧。」以諾悄聲說道。他經過地板中間的兩個玻璃櫃，然後走向第三個。他走向櫃子尾端，停下腳步低頭俯視。他的脖子往前伸，同時緊握著雙手；海索．莫茲往前走到他身邊。

他們兩人站在那裡，以諾全身僵硬，海索．莫茲微微彎身前傾。那裡有三個碗，有一排已不再鋒利的武器，還有一個盒子裡的男人。以諾在看的是那個男人。他大約三呎長，赤身裸體，身體是乾枯的黃，他的眼皮幾乎完全闔上，彷彿害怕一塊就要掉落頭上的大鐵塊。

「看那個說明，」以諾用輕聲細語，宛如身在教堂，指向那男人腳邊的打字卡片：「上面

2 古典拉丁文只有二十三個字母，V同時代表現在的母音U與子音V，直到十四世紀U才逐漸在書寫上與V分開。有時現代建築雕刻為了美觀或強調復古，會把U刻成V。以諾因知識不足，沒看懂這棟建築物上掛的匾額MVSEVM其實就是museum（博物館）。

寫著他曾經跟你或我一樣高。某些阿『辣』伯人用了六個月的時間把他變成這樣。」他小心翼翼轉頭看向海索．莫茲。

他只能看出，海索．莫茲的視線正放在這個萎縮的乾屍上。他往前彎腰，所以他的臉反映在櫃子的玻璃蓋上。反射出的影子臉色蒼白，那雙眼睛像兩個清晰的彈孔。以諾等待著，全身僵直。他聽到大廳傳來腳步聲。喔耶穌啊耶穌啊，他祈禱著，讓他動作快點，做他要做的任何事吧。帶著兩個小男孩的女人從那道門進來了。她一手牽著一個，而且正咧嘴微笑。但海索．莫茲始終不曾將視線從縮水男屍身上抬起。女人走向他們，在展示櫃另一邊停下腳步，也往下看著櫃裡的東西，她的笑臉倒映在玻璃上，與海索．莫茲的倒影重疊。

她開始竊笑，伸出兩隻手指遮擋牙齒。兩個男孩的臉就像平底鍋，在兩旁接住從她身上流溢出的笑意。海茲看到她的臉出現在玻璃上，脖子立刻往後一抽，並發出一個怪聲。這聲音也可能是櫃子裡那男人發出來的。而以諾在這一瞬間就知道是這樣沒錯。「等等！」他發出尖叫，跟在海索．莫茲身後拔腿奔出房間。

他在半山腰上追上海索。他抓著海索的手臂，用力一甩讓他轉身，然後站在那裡，突然像個氣球一樣虛弱輕盈，兩眼乾瞪著前方。海索．莫茲抓住他的肩膀搖晃。「那地址到底是什麼！」他吼道：「把那地址給我！」

就算以諾本來清楚記得那地址，這會兒也不可能想得起來。他甚至連站都站不住。海索．莫茲一放手，他就往後倒，撞上一棵白襪子樹。他一個側翻倒在地上，四肢攤開就這麼躺著，臉上帶著欣喜。他覺得自己飄了起來。遠遠的，他看到有個藍色人影一躍而起，撿起一顆石頭，接著他看到那張狂亂的臉轉了過來，石頭猛然飛了過來；他緊閉雙眼，石頭打中了他的額頭。

當他再度醒來，海索．莫茲已經不見了。他躺了一會兒。他用手指摸摸額頭，接著拿到眼前，手指染上了血紅條紋。他轉過頭，看到地上有一滴血，當他注視著那滴血，他似乎看到那滴血像一道小小的泉水擴散開來。他坐直身子，覺得全身皮膚冰冷，他把手放進那滴血中，聽到了他的血，他的秘密血液，在這城市的中心非常微弱地搏動。

於是他知道，不管他身上注定要發生什麼事，這都只是個開始。

6

那天傍晚海茲開著車子上街，直到他又找到那瞎子跟那孩子爲止。他們站在一個角落，等著燈號改變。他開著這輛艾賽克斯，在後面保持一段距離，沿著主街走了大約四條街後，跟著他們轉向開進一條後街。他跟著進入一個過了鐵路調車場的陰暗地段，然後看著他們爬上一棟箱子似的兩層樓房前廊。那盲人打開門時，有道光落在他身上，海茲拉長脖子好把他看得清楚一點。那孩子慢慢轉過頭，彷彿那顆頭是用螺絲釘安裝並運作的，然後看著他的車子開過。他的臉太靠近玻璃，以至於看起來像是一張貼在窗上的紙臉。他注意到那棟房子的門牌號碼與上面的一張告示，告示寫著**房間出租**。

然後他開回鬧區，把艾賽克斯停在一家電影院前，他在那裡就能趕上電影散場時的人潮。天棚周圍的燈光極其明亮，讓背後領著一小排雲朵從頭上經過的月亮看起來蒼白而無足輕重。海茲從艾賽克斯上下來，爬到車頭上。

一個上唇很長的矮瘦男子在玻璃窗售票口前，爲身後的三位福態女士買票。「也得給這些女孩一些新鮮調劑，」他對售票口內的女人說：「不能讓她們就在我眼前餓死嘛。」

「他不是很妙嗎？」其中一個女人大聲喊道：「他一直讓我捧腹大笑。」

三個穿著紅色緞布保暖外套的男孩從門廳出來。海茲舉起雙臂。「你覺得哪裡會有碰觸之後就能讓你得到救贖的血液？」他喊道。

那幾個女人全都立刻轉身盯著他看。

「來了個聰明人哪，」那瘦矮個子說著，眼神變得機警，似乎隨時可能有人要侮辱他似的。

三個男孩往前走，互相推攘彼此的肩膀。

海茲等了一下，再度喊道：「哪裡會有碰觸之後就能讓你得到救贖的血液？」

「煽動暴民的傢伙，」那瘦矮個說：「我最受不了，就是這種煽動暴民鬧事的傢伙。」

「那邊的男生，你是哪個教會的？」海茲邊問邊指著那群紅緞布夾克男孩中最高的那個。

那男生咯咯發笑。

「那你呢，」他不耐煩地說，指向下一個人。「你是哪個教會的？」

「基督教會。」男孩故意用假聲說話搞笑。

「基督教會！」海茲覆述一遍。「喔，我是爲『無基督教會』傳道的。我是這個教會的成員和傳教士，在這個教會裡盲人看不見，瘸子不能行，死者不復活。開口問吧，讓我來告訴你，在這個教會裡，耶穌的血沒有被救贖玷污。」

「是個傳教士，」其中一個女人說：「咱們走。」

「聽著，你們這些人，我要把眞理帶到我去的每一個地方，」海茲喊道：「只要任何地方，有任何人願聽，我就會傳布這個道理。我要傳道說沒有人類的墮落這回事，因爲根本沒有能讓我們墮落的東西，也沒有救贖，因爲既然沒有墮落，也就沒有最後審判，這兩者根本就不存在。什麼都不重要，只有這件事是重要的：那就是，耶穌是個騙子。」

瘦矮個迅速趕著他的女孩去看電影，三個男生離開了，不過有更多人走出來，他開始往那裡走，把同一套話再說一遍。他們離開了，更多人來了，他再講了第三遍。他們離開後，再沒有其他人出來了；現在那裡空無一人，只剩玻璃售票亭裡的女人。她一直氣沖沖地瞪著他，但他沒注意到。她戴著鼻弓鑲了假鑽的眼鏡，一頭白髮沿著腦袋盤成香腸狀。她把嘴湊在玻璃窗上的洞口喊道：「聽著，就算你沒教堂可以布道，也不用跑到這電影院前面傳教。」

「女士，我的教會是無基督教會，」他說：「如果沒有基督，就沒有理由要找個固定地方在裡面傳教。」

「聽著，」她說：「你再不離開這電影院，我就要叫警察了。」

「電影院多的是。」他說完後從車頭下來，回到那台艾賽克斯裡面，把車開走。那天晚上他去華茲太太那裡之前，又去了另外三家電影院前面傳教。

到了早上，他開回那盲人跟孩子前一晚進去的屋子。那是棟有黃色護牆板的房屋，在這個所有屋子都長得一模一樣的街區上的第二間。他走到前門按下門鈴。幾分鐘後，一個拿著拖把的女人開了門。他說他想租個房間。

「你做什麼的？」她問道。她是個瘦骨嶙峋的高大女人，就跟她倒著拿的那支拖把一樣。

他說自己是傳教士。

女人把他從頭到腳打量一遍，再看向他身後的車，問道：「哪個教會？」

他說是無基督教會。

「新教？」她懷疑地問道：「還是外國玩意兒？」

他說：不，夫人，是新教。

過了好一會兒，她說：「嗯，你可以看看房間。」他便跟著進入一個白色灰泥門廳，然後從門廳旁往上爬了幾級階梯。她打開一扇通往後面房間的門，那房間只比他的車子大一點點，有張帆布床跟一個五斗櫃，還有一張桌子和靠在桌邊的直背椅。牆上有兩根掛衣服用的釘子。她說：「一星期三塊錢，要先付。」這裡有扇窗，他們剛才進來的門對面還有另一扇門。海茲打開另外那扇門，以為會是個衣櫃。結果打開後，往下大約三十呎高全是空的，他往下看，底下是個光禿禿的窄小後院，垃圾全都集中丟在那裡。門框上在膝蓋高度橫釘了塊厚木板，免得有人掉下去。「有個姓霍克斯的男人住在這裡，是嗎？」海茲連忙問道。

「他跟他的孩子。在樓下前面的房間。」她說完，也往下看著那段落差。「這裡本來有個防火梯，」她說：「但我不知道那防火梯怎麼了。」

他付她三塊錢得到這個房間，等她一走開，他就下樓去敲霍克斯家的門。

盲人的孩子打開了一道門縫，站在那裡看著他，似乎正努力平衡兩邊臉部的表情以免顯得驚慌。「爸爸，是那個男孩，」她低聲說：「一直跟著我的那個。」她用頭抵著門，這樣他就不可能越過她看到裡面。瞎子來到門口，但沒有把門打開。他的表情和兩天前的晚上不一樣了；這張臉刻薄而不友善，他沒有說話，只是站在那裡。

海茲在離開自己房間前就想好了要說什麼。「我住在這裡，」他說：「我在想，如果你女兒這麼喜歡對我送秋波，我可能也要有點表示。」他沒看向那女孩；而是盯著那付墨鏡與從墨鏡後方某處開始，沿著臉頰往下延伸的奇怪疤痕。

「那天晚上我那樣看你，」她說：「是因爲看見你做的事情而氣不過。在打量我的是你吧。爸爸，你該看看他那個時候，」她說：「從頭到腳打量我的樣子。」

「我成立了自己的教會，」海茲說：「無基督教會。我在街上傳教。」

「你就是不肯放過我，是吧？」霍克斯說。他的聲音平板，一點都不像之前那樣。他說：「我沒要你來這裡，我也不要你在這裡閒晃。」

海茲本以爲他的不請自來會受到歡迎。他等待著，設法再想出些話題。「你是哪門子傳教士啊？」他聽到自己嘟噥著：「你不看看能不能拯救我的靈魂嗎？」瞎子當著他的面把門推上。海茲在原地對著什麼都沒有的門，愣了一下，然後才用袖子擦了擦嘴，轉身離開。

在房間裡，霍克斯摘掉墨鏡，然後從窗簾上的一個洞，看著海茲坐進車裡，把車開走。他湊近那個洞的眼睛比另一隻眼睛稍圓也稍小一點，不過很明顯這兩隻眼睛都能看到外面。女孩從另一個較低的裂縫往外看。「你怎麼不喜歡他了，爸爸？」她問道：「——因爲他追著我不放嗎？」

「如果他是追著妳來，那我倒要歡迎他了。」他說。

「我喜歡他的眼睛，」她評論道：「那雙眼睛不像看進了他在看的東西，但還是繼續盯著看。」

他們的房間跟海茲的房間一般大小，不過有兩張帆布床、一個煤油爐跟一個洗手台，還有個用來當桌子的行李箱。霍克斯坐在其中一張帆布床上，把一支菸塞進嘴裡。「天殺的耶穌豬玀。」他嘀咕著。

「唔，看看你以前是什麼樣子，」她說：「看看你試著做過什麼。你熬過去了，他也會的。」

「我不要他在這裡閒晃，」他說：「他讓我緊張。」

「你聽著，」她說著，坐在帆布床上，挨在他身邊：「你幫我得到他，這樣你就能離開，去做你想做的事，我可以跟他住。」

「他根本不在乎妳呢。」霍克斯說。

「就算他不知道，」她說：「那也沒關係。就因為這樣，我才能輕鬆把他弄上手。我要他，而且你應該幫我，這樣你就能如你所願繼續上路。」

他在帆布床上躺下，抽完了菸；臉上掛著若有所思而邪惡的表情。當他躺在那裡，一度笑了出來，然後表情又變得緊繃。「嗯，那樣可能會滿好的，」一會兒之後他這麼說：「那樣可能就會像流到亞倫鬍鬚上的油[3]。」

「聽著，」她說：「就算我真瘋了吧！我就是迷上他了。我從來沒看過哪個男孩的相貌比他更能討我喜歡。別趕他走。你告訴他，你是怎樣為了耶穌而把自己弄瞎，然後給他看你的剪報。」

「對，剪報。」他說。

海茲已經開著車出門思考，他決定要誘拐霍克斯的女孩。他心想，等到那瞎眼傳教士看到他女兒的清白被毀了，他就會明白海茲說自己在為「無基督教會」傳教是認真的。除此之外，還有另一個理由：他不想再回華茲太太身邊了。昨晚，在他睡著後，她竟起床把他的帽子頂端剪出一個猥褻的形狀。他覺得自己該有個女人，但不是為了在她身上尋歡逞慾，而是為了證明自己不相信有罪惡，並身體力行所宣稱的教義；可是他受夠她了。他想要有個可以施教的對象，而他理所當然地認爲，那盲人的孩子既然長相如此平庸，想必是清白無瑕的。

在他回到自己的房間前，他去了家成衣店買了頂新帽子。他想要一頂跟舊帽完全相反的帽子。這次店家賣了他一頂白色巴拿馬帽，帽身上有條紅、綠、黃相間的帶子。男人說這帽子眞的很流行，而且如果他要去佛羅里達的話尤其適合。

「我沒有要去佛羅里達，」他說：「這帽子跟我以前的完全相反，這就夠了。」

「你到哪都用得上它，」男人說：「這是新款式。」

「這個我知道。」海茲說。走到外頭後，他把那條紅綠黃的三色帶子拿掉，用力捶掉帽頂的皺褶，再把帽緣往下翻。等他戴上這頂帽子，看起來就跟前一頂一樣糟糕。

直到那天下午將盡，他心想他們正在吃晚餐時才回到霍克斯的門口。門立刻打開，那孩子的頭從門縫中冒出來。他把那扇門從她手上推開，正眼都沒看她就走進去。霍克斯坐在行李箱前。他剩下的晚餐在面前，不過他沒在吃。他差點沒來得及戴上墨鏡。

3 出自《聖經，詩篇》第一百三十三篇：「看哪，弟兄和睦同居是何等地善，何等地美！這好比那貴重的油澆在亞倫的頭上，流到鬍鬚，又流到他的衣襟；又好比黑門的甘露降在錫安山；因爲在那裡有耶和華所命定的福，就是永遠的生命。」

「如果耶穌能治癒盲人，你怎麼沒叫祂把你治好？」海茲問道。這句話是他在自己房間裡先想好的。

「他也讓保羅失明了。」霍克斯說。

海茲在其中一張帆布床邊坐下。他環顧四周，再回望霍克斯。他蹺起腳，然後又放下，接著再蹺起腳。「你這些疤怎麼來的？」他問道。

這裝瞎的男人身體前傾，微笑道：「如果你悔罪，還有機會拯救自己，」他說：「我是救不了你，但你還能救你自己。」

「我已經在這麼做了，」海茲說：「但用不著悔罪。我每天晚出去布道就是在講我怎麼做這件事，我在——」

「看看這個，」霍克斯說。他從口袋拿出一張發黃的剪報，交到他手上，他的嘴唇扭曲，但沒有一絲笑意。「我就是這麼得到這些疤痕的。」他嘟噥著。那孩子從門口對他打個暗號，要他微笑，不要苦著一張臉。他等著海茲讀完那篇剪報時，臉上慢慢恢復了笑容。

那張剪報的標題：**福音傳教士承諾自殘雙眼**。文章的其他部分說亞薩．霍克斯，一位自由基督教會的福音傳教士承諾要弄瞎自己，以便證成他的信仰：耶穌基督已拯救了他。報導上說，他會在十月四日星期六晚上八點的一場信仰重生布道大會中做出這件事。文章日期已是十多年前。標題上方有張霍克斯的照片，是個沒有疤痕、嘴唇緊閉、大約三十歲左右的男人，一隻眼比另一眼略小，也更圓些。那張嘴有種不知是神聖還是精於算計的感覺，不過眼神中帶著暗藏恐怖的狂野。

海茲讀過剪報後，坐在那裡盯著那張紙。他把那文章讀了三遍。他拿掉帽子又再戴上，然後起身，站著環顧這房間，彷彿正試著想起門在哪裡。

「他是用石灰弄的，」女孩說：「而且有幾百個人因此皈依。任何能弄瞎自己來證明信仰的人，應該也能拯救你——或者流著他血脈的人也一樣。」她靈機一動補上後面那句。

「有輛好車的人，不需要證明自己的道德清白。」海茲嘟噥著。他對她拉長了臉，匆匆走出去，但門一關上，他又想起某件事。他回身再把門打開，遞給她一張紙，那張紙摺了好幾次，已經變成一個小球；然後他匆匆出門上了車。

霍克斯把那張紙條從她手上拿走，然後打開。上面寫著：**寶貝，我從來不曾見過像妳這麼好的人，我就是爲妳而來**。她隔著他的手臂看了那張紙條，高興地臉泛紅暈。

「現在你可有了白紙黑字的證據了，爸爸。」她說。

「那混蛋把我的剪報拿走了。」霍克斯低聲抱怨。

「喔，你還有另一份剪報，不是嗎？」她帶著一絲沾沾自喜微笑問道。

「閉上妳的嘴。」他說著，就讓自己猛然躺到帆布床上。另一張剪報寫的是：**福音傳教士失去勇氣**。

「我可以替你拿來。」她提出建議，同時移步站到門邊，萬一她把他惹火了，她還能逃跑，但他轉向牆壁，好像打算上床睡了。

十年前在重生布道大會上，他是打算弄瞎自己的，而且有兩百個或者更多人在那裡，等著他動手。他針對保羅的失明作了一小時布道來激勵自己，希望能看見自己被一陣神聖閃電擊中變瞎的異象，接著，他鼓足勇氣，把雙手用力插進一桶濕石灰中，把濕石灰一條條抹在臉上；但他沒能夠讓任何一點石灰抹進眼裡。他本來已被夠多惡魔附身，但那一瞬間，它們消失了，他看到自己就這樣完好地站在那裡。他幻想著是耶穌趕走群魔，祂站在那裡，向他招手；最後他逃出帳篷，鑽進小巷裡消失了。

「好吧，爸，」她說：「我出去一會兒，讓你安靜一下。」

海茲剛才立刻把車開到最近的車行，那裡有個留黑色瀏海、面無表情的短臉男人出來招呼他。他告訴那男人，他想讓那個喇叭會響、油箱不漏油、引擎運作順暢一點，還有讓擋風玻璃雨刷緊一點。

男人打開引擎蓋，往內瞥了一眼，然後關上。接著他繞過車頭，不時停下上前看看，然後又到處拍拍打打。海茲問他要花多久才能把車修到最佳狀態。

「這辦不到的。」男人說。

「這是台好車，」海茲說：「我一看就知道，它是屬於我的，既然已經買下它，我就有個地方可待，而且永遠可以說走就走。」

「你要開這台車去哪裡？」男人問道。

「去另一家車行。」海茲這麼說，接著就坐上艾賽克斯開走了。他去了另一家車行，有個男人說他一個晚上就能把這車修到最佳狀態，因爲這本來就是台好車，做工好，用的材料也好，他還補充，也因爲他是城裡最好的技師，在設備最好的店裡工作。海茲把車留給他，很肯定自己把車交到了一個可靠的人手上。

7

第二天下午他拿回車後，就開著車到鄉間，看看這輛車在開闊路面上的性能如何。天空是只比他的西裝稍淡的藍色，上面只有一片雲，一大片亮到刺眼、帶著有捲髮跟鬍鬚的白雲。他開到城外大約一哩處，這時聽到背後有個清喉嚨的聲音。他放慢車速，轉頭看到霍克斯的孩子從地板上爬起來，坐上架在座椅架的二乘四吋板材上。「我一直在這裡，」她說：「只是你不知道而已。」她頭髮上有一把蒲公英，蒼白的臉上有張紅色的闊嘴。

「妳躲在我車上要幹什麼？」他憤怒地說：「我眼前有正事要做，沒時間瞎搞。」但他立刻修正惡毒的語調，嘴上微露笑容，因爲想起自己本來要勾引她的事。「是啊，當然，」他說：「很高興看到妳。」

她把一條穿著黑絲襪的瘦腿甩過前座椅背，然後讓身體其他部分鑽過去。「你在那張紙條上寫的意思是『好看』，還是只是『人很好』？」她問道。

「兩個都是。」他語氣生硬地說。

「我叫安息日，」她說：「安息日—莉莉．霍克斯。我出生後母親替我取了這名字，因爲我是安息日生的，然後她在床上翻個身就死了，我從來沒見過她。」

「喔。」海茲說。他的下巴繃緊，他把下巴當作壕溝，圍住自己躲在後面，繼續開車。這個下午他在車上的愉悅感這下全沒了。

「他跟她沒有結婚，」她繼續說：「所以我成了私生女，這我也沒辦法。是他做的好事，可不是我自己想要。」

「私生女？」他低聲嘟噥。他不明白，一個爲了耶穌弄瞎自己的傳教士竟然會有個私生女。他轉過頭，第一次勾起興致看著她。

她點點頭，同時嘴角上揚。「如假包換的私生女，」她說著抓住他的手肘說：「而且你知道嗎？私生子是不准進天國的。」

海茲盯著她看，差點把車開進水溝。「妳怎麼能夠是——」他一開口，就看到眼前的紅色路堤，連忙把車子拉回路面。

「你有看報嗎？」她問道。

「沒有。」他說。

「喔，報上有個女人叫瑪麗·布黎托，專門幫有麻煩的人出主意。我寫了封信給她，問他我該怎麼辦。」

「妳怎麼可能是私生女，畢竟他把自己弄瞎來——」他又開始要講話。

「我寫說：『親愛的瑪麗，我是個私生女，而我們都知道，私生子是不准進天國的，但我總能讓男生追著我跑。妳覺得我應該跟他們親熱嗎？反正我進不了天國，所以我想也沒什麼關係吧。』」

「妳聽著，」海茲說：「如果他把自己弄瞎，怎麼還會——」

「然後她在報上回信給我。她說：『親愛的安息日，稍微親熱一下還可以，但我想妳真正的問題在於如何適應這個現代世界。或許妳該重新檢視妳的宗教價值觀，看看這些價值觀能否配合妳生活中的需求。如果用適當的角度看待宗教經驗，這種經驗能讓生活錦上添花，但別讓它煩擾妳。讀些關於倫理文化[4]的書吧。』」

「妳不可能是個私生女啊，」海茲說著，臉色變得非常蒼白。「妳一定搞錯了。妳爸爸把自己弄瞎了啊。」

「後來我又寫了封信給她，」她邊說邊用運動鞋尖搔他的腳踝，然後露出微笑：「我說，『親愛的瑪麗，我眞正想知道的是，我應該做完全套嗎？那才是我眞正的問題。我還滿能適應現代世界的。』」

「你爹弄瞎了自己啊。」海茲又重複說道。

「他不是一直都像現在這樣，」她說：「後來她沒再回我的第二封信。」

「妳的意思是，他年輕的時候沒有信仰，但後來有了？」他問道：「妳是這個意思吧，不是嗎？」然後粗魯地把她的腳從他腳邊踢開。

「就是這樣。」她說著，然後稍微坐直說：「我的腳放你腳上又不會怎樣。」

那亮得炫目的白雲領先他們一點點，正往左邊移動。「爲什麼你不走那條泥巴路？」她問道。於是他開上那條從公路上岔出的黏土路。這條路不時起伏，路上灑滿濃蔭，兩邊都能看到鄉間景致。一邊是濃密的忍冬，另一邊視野開闊，從往下的斜坡可以遠遠望見城市景致。白雲在他們正前方了。

「他是怎麼變得開始信教的？」海茲問道。「是什麼讓他成了基督的傳教士？」

「我確實喜歡泥巴路，」她說：「特別像這種山路。我們爲什麼不下車，去找棵樹坐一下，在那裡讓我們更瞭解彼此？」

數百呎後，海茲停下車，他們下了車。「他在皈依以前看起來像邪惡的人嗎，」他問道：「或者只是看起來有點邪惡？」

「他是徹頭徹尾的邪惡，」她一面說著，便鑽到路邊的鐵絲網牆下。鑽過去後她就坐下來，開始脫掉鞋子和長襪。「我多喜歡打赤腳走在田野上啊。」她熱情洋溢地說道。

「妳聽著，」海茲咕噥道：「我得回城裡了。我沒時間在什麼田野上走路，」但他也鑽過圍牆，到了另一邊後他說：「我想，在那之前，他什麼都不信吧。」

「咱們翻過那個山丘，去樹下坐一下吧。」她說。

他們爬過那座山丘，走另一邊下坡，她領先海茲一點點。他知道和她一起去樹下坐一會兒或許能有助於引誘她，不過想到她的純眞無知，他不急著進行這件事，而且覺得要在一個

4　Ethical Culture是美國教授Felix Adler在十九世紀末發起的運動，讓道德獨立於神學之外，鼓勵參與者過著符合倫理道德的生活，幫助自己與別人行善。

下午完成這工作實在太困難。她坐在一棵大松樹下，然後拍拍身旁的地面要他坐過來，但他坐在五呎遠的一顆石頭上。他把下巴擱在膝上，直視前方。

「我能救你，」她說：「我心中有個教堂，在那裡耶穌就是君王。」

他靠向她，憤怒地瞪著她。「我相信的是新的耶穌，」他說：「他不可能浪費他的血救贖衆人，因爲他完全是個人，體內沒有任何神性。我的教會是無基督教會！」

她向他挪近一點。「在這個教會裡，私生子能得救嗎？」她問道。

「在無基督教會裡，沒有私生子這種事，」他說：「一切都是一樣的。私生子跟其他人沒有任何差別。」

「這樣很好。」她說。

他惱怒地看著她，因爲心中有些東西在跟他作對，說著私生子不可能得救，世上只有一個眞理——就是耶穌是個騙子——而她的處境毫無希望。她拉開領口，整個人躺在地上。

「我的腳很白吧？」她微微抬起雙腳問道。

海茲沒看她的腳。他心裡的那個東西說，眞理不會自相矛盾，私生子在無基督教會裡不可能得救。他決定要忘記這點，這不重要。

「曾經有個孩子，」她邊說邊翻過身來趴著：「沒人在乎它的死活。它的親戚讓它在一個又一個親人之間轉手，最後交給這孩子的祖母，一個非常邪惡的女人手上，而她無法忍受這孩子待在她身邊，因爲之前光是最微不足道的小事都能讓她起一身疙瘩。她會全身發癢紅腫，就連眼睛都發癢發腫，而她什麼辦法也沒有，只能跑到路上，雙手亂揮潑婦罵街。有了這孩子後更是加倍厲害，所以她把孩子鎖在一個裝雞的木板箱裡。它看著祖母在地獄烈火裡腫脹灼熱，而它把自己看到的全都告訴她，這下她腫得更是厲害，最後終於跑到井邊，用井繩繞著脖子，然後放下水桶，把自己的脖子拉斷。

「你會猜我有十五歲了嗎？」她問道。

「在無基督教會裡，私生子這個詞沒有任何意義。」海茲說。

「你爲什麼不躺下來，休息一下？」她問道。

海茲挪開幾呎遠，然後躺下。他把帽子放到臉上，然後雙臂交疊胸前。她用雙手和膝蓋撐起身子，爬到他那邊，盯著他的帽頂看。然後她把帽子像個蓋子般舉起，凝視他的眼睛。那雙眼睛直接往上瞪著。「不管你有多喜歡我，」她輕聲說道：「對我來說沒有任何差別，。」

他把視線瞄準她的頸部。她逐漸把頭放低，直到他們鼻尖幾乎相觸，但他還是沒看著她。「我看到你了。」她用玩鬧的語調說。

「閃開！」他說著同時猛然跳起。

她爬起來，跑到樹後。海茲戴回帽子，也站起來，全身顫抖。他想回到艾賽克斯車上，這才突然想到車子停在一條鄉村道路上，車門沒鎖，隨便哪個經過的人就能把它開走。

「我看到你了。」樹後的聲音說道。

他迅速往反方向朝車子走去。樹後望出的那張臉上歡喜的表情沉了下來。

他坐進車裡，做了發動車子該做的動作，但車子只發出像是水管某處漏水的噪音。他一陣恐慌，開始猛踩油門。儀表板上有兩個帶指針的儀器，指針先是搖搖晃晃指向一個方向，然後又指向另一個方向，但這些儀器彷彿是在某個秘密系統中運作，獨立於整輛車子之外。他無法分辨車子是不是沒油了。安息日．霍克斯向圍欄這裡奔來。她躺在地上，滾過鐵絲網下方，然後站在車窗旁看著車內的他。他氣勢洶洶轉頭面對她說：「妳對我的車做了什麼？」然後他下了車，開始沿著山路往下走，沒有等她回答。不到片刻她就保持一段距離跟在後方。

在公路與泥巴路的分岔口有個店舖，店面前設了個加油站。那要往回半哩路遠；海茲保持穩定的快速步調一路走到那裡。這加油站看似空無一人，但過了幾分鐘，有個男人從加油站後方的樹林走出來，海茲告訴這人他要什麼。在男人開出小貨車，準備載他們回到艾賽克斯那裡時，安息日．霍克斯也到了，她走到小屋旁一個約六呎高的籠子旁。直到她出現，海茲才注意到那籠子。他看到籠子裡有個活物，然後他走近直到能讀清標語，上面寫著：**兩個死敵。免費參觀**。

有隻約四呎高而且非常瘦的黑熊，正趴在籠子地板上休息；牠的背上有斑駁的鳥糞，是同一個籠中坐在上半部棲木那隻小食雞鷹的傑作。那隻鷹的大部分尾羽都不見了；熊只有一隻眼睛。

「如果妳不想被留下就過來這裡。」海茲抓住她的手臂粗魯地說。那男人準備好貨車，他們三人開回艾賽克斯那裡。在路上，海茲對他說了無基督教會的事；他解釋了這個教會的原則，並且說在這教會裡沒有私生子這回事。這男人沒作任何評論。他們開回艾賽克斯那邊時，他倒了一桶油進油箱，海茲坐進車裡，設法發動車子，但一樣沒有動靜。男人打開引擎蓋，花了點時間研究車子。他是個獨臂人，有兩顆沙褐色牙齒，和一對石板似的暗灰藍色眼睛，眼神若有所思。直到這時他還沒說過超過兩個字。他對著引擎蓋內研究了很久，海茲也站在旁邊，但什麼都沒碰。過了一會兒，他關上引擎蓋，擤了擤鼻涕。

「那裡有什麼問題嗎？」海茲激動地問道：「這是台好車不是嗎？」

男人沒有回答。他坐在地上，然後攤平身子爬到艾賽克斯底下。他穿著高筒靴和灰襪。他在車子底下待了很久。海茲四肢著地往車下看，想看他在做什麼，但他什麼都沒做，只是躺在那裡往上看，好像在仔細思索；他的那隻好手折起放在胸前。過了一會兒，他從車下出來，從口袋掏出一塊法蘭絨破布擦擦臉跟脖子。

「聽著，」海茲說：「那是輛好車。你只要幫我推車，就這樣。那輛車能帶著我到我想去的任何地方。」

男人一語不發，但他回到貨車上，海茲跟安息日．霍金斯爬進艾賽克斯，男人用貨車從後推了他們一把。跑了幾百碼後，艾賽克斯開始打嗝、喘氣、發抖。海茲把腦袋伸出窗外，招手要貨車開到旁邊來。「哈！」他說：「我告訴過你，不是嗎？這台車能帶我到我想去的任何地方。它可能不時會拋錨，可是不會永遠停著不動。我欠你多少錢？」

「不用了，」男人說：「你啥都不欠。」

「可是那汽油，」海茲說：「汽油多少錢？」

「不用，」男人用同樣冷靜的表情說：「啥都不欠。」

「好吧，我感謝你，」海茲說著繼續往前開，說道：「我不需要欠他的情。」

「這是台大車，」安息日．霍克斯說：「跑起來跟蜂蜜一樣順。」

「它可不是一群外國人、黑鬼或是獨臂人做出來的，」海茲說：「做這台車的人照子夠亮，知道自己在幹什麼。」

他們開到泥土路底，面對柏油鋪面的公路時，那輛小貨車再次停到旁邊，兩輛車並排暫停時，海茲跟那石板色眼睛的男人各從自己的窗口注視彼此。「我告訴你，這台車能帶著我去任何我想去地方。」海茲帶著敵意說。

「有些東西，」男人說：「能把某些人送到某些地方去。」然後就把貨車開上高速公路。

海茲繼續開車。那眩目刺眼的白雲變成一隻翅膀細長的鳥，消失在相反方向。

8

以諾·艾摩瑞現在知道自己的人生再也不會一樣了，因為將要發生在他身上的事情已開始發生。他總會知道某件事即將發生，只是不知道是什麼事。如果他曾多想一下，可能就會想到，現在就是證實他父親血液力量的時候，但他思考的格局沒那麼大，他只想著自己接下來會做什麼。有時候他乾脆不思考，就只是亂想；接著沒過多久，他就會發現自己在瞎忙一通，就像一隻小鳥發現自己還未計劃就開始築起巢來。

即將發生在他身上的事，在他對海索·莫茲展示玻璃櫃裡的東西時就已經開始了。那是超越他能理解的神秘謎團，但他知道預期將會發生在他身上的事，會是某件可怕的事。他的血液比他的其他部分都更敏感；那血液已將厄運在全身上下寫了個遍，可能只有大腦例外，結果連他每隔幾分鐘就伸出來試探一下唇皰疹的舌頭，知道的都比他自己更多。

他發現自己在做的第一件不正常的事，就是開始存錢。他把所有薪水存了下來——除了房東太太每星期來收的房租，以及他不得不花的餐費。然後讓他訝異的是，他發現自己吃得不多，於是把這方面的錢也省了下來。他很喜歡超級市場；他的習慣是每天下午離開市立公園後，會花上一小時逛某家超市，瀏覽罐頭食品，讀穀片盒上的故事。最近他開始不由自主地到處偷點幾樣不會讓口袋鼓起的小東西，他納悶地想，這會不會就是自己能在食物上省下這麼多錢的原因。本來可能是的，不過他懷疑自己開始省錢可能跟某件更大的事有關。他一直以來都在偷竊，但以前也從來沒省下多少錢。

在此同時，他開始清理房間。那是個小小的綠色房間，或者說它一度曾是綠的，位於一棟老舊出租公寓的閣樓。這地方不管看起來或感覺起來都像是木乃伊，不過以諾以前從沒想過要把住處（相對於「頭部」）弄得明亮點。然後，他就發現自己正在這麼做。

首先，他把毯子從地板上拿掉，掛在窗外。這是個錯誤，因爲當他要把毯子收回來時，只剩下幾條長繩，還有卡在其中一條繩子上的地毯釘。他想，這條地毯一定非常老舊了，因此決定更小心處理剩下的家具。他用肥皀加水洗了床架，發現洗去第二層污垢之後，底下的床架竟是純金的，這點讓他感度震撼，於是接著又去洗了椅子。那是一張矮圓椅，椅腿往外鼓凸，看起來像是半蹲著。才用水一擦，底下的金色就露了出來，不過第二次擦洗時又不見了，他再多擦一下，結果椅子就散了，彷彿這就是它長年內在掙扎的結局。以諾不知這對他有利還是不利。他有種齷齪的衝動要把它踢成碎片，不過最後還是讓椅子就留在它散架的地方，因爲無論如何，現在他已不是個不懂事的莽撞男孩。到了這時，他已明白了自己不知道的事才是重要的事。

房間裡唯一一件別的家具是洗手台。這個洗手台由三個部分組成，站在一個六吋高的鳥腿架上。這些鳥腿帶著爪子，每一隻都抓著一個小小的砲彈。最低的部分是個神龕似的櫥櫃，本來是用來裝夜壺的。以諾沒有夜壺，不過他尊重每件事物的用途，既然他沒有合適的東西可放，他就把那裡閒置著。在這個存放珍寶之處的正上方，是一片灰色大理石，石片後方冒出的是個木頭格架，雕著心形、捲軸與花朵，兩側延伸出去變成弓起的鷹翼，而包在中間——以諾站在洗手台前時臉孔正對的高度——是個小小的橢圓形鏡子。木頭格架往鏡子上方延伸，收尾處形成一個有角飾的皇冠式頭盔，顯示這位藝術家對他的作品並未失去信念。

照以諾的看法，這件家具一直都是這房間的中心，而且是與他和他還不知道的事物連結得最緊密的東西。不只一次，在一頓豐盛晚餐後，他會夢到打開那個櫃子，進入裡面，進行某些等到隔天早上只剩模糊印象的儀式與神秘活動。當他開始清理時，他的心思一開始就放在那洗手台上，但一如往常，他會從最不重要的地方開始，從周邊朝著核心意義所在的事物而去。所以在他著手對付那洗手台前，他先處理房間裡的畫。

這裡有三幅畫，一幅屬於他的房東太太（她幾乎全盲，依靠敏銳的嗅覺走動），兩幅是他自己的。屬於她的，是棕色畫框裡一隻站在小湖邊的麋鹿畫像。這隻動物臉上的優越感讓以諾難以忍受，要不是因為很怕那隻鹿，他早就對那畫採取行動了。但事實是，當他在自己的房裡，不管做任何事都不可能不被那張自鳴得意的臉盯著看，那張臉並不震驚，因為沒什麼更好的事可以期待，那張臉也不愉快，因為也不見任何有趣的事物。就算他曾到處尋找室友，也不可能找到比這麋鹿更能惹惱他的人。他在心裡川流不息地貶損那隻麋鹿，不過一但眞要他開口時，他又會變得謹愼。麋鹿是在一個有葉片裝飾的沉重棕色畫框裡，而這個畫框也讓了牠的分量與自滿的表情更加明顯。以諾知道該是做點什麼事的時候了；他不知道他的房間裡會發生什麼事，不過當事情發生時，他不想感覺到是那隻麋鹿在當家作主。一個完美的答案湧上腦海：靈光一現的直覺讓他領悟到，拿掉麋鹿的畫框，就等於把牠身上的衣服脫掉（雖然麋鹿沒穿任何衣服），而他是對的，因為當他這麼做時，這隻動物頓時看起來衰弱許多，以諾用眼角餘光瞥著牠，不禁竊笑起來。

這次成功之後，他把注意力轉向另兩張畫。那兩張畫在月曆上方，是山頂葬儀社和美國輪胎公司寄給他的。其中一張是個小男孩穿著一條藍色丹頓醫生睡褲，跪在床邊說：「祝福你，爹地，」同時月亮從窗口往裡瞧。這是以諾最喜歡的畫，而且直接掛在他的床鋪上方。另一張畫裡是位穿戴著一個橡膠輪胎的女士，這張畫的位置正對著對面牆上的麋鹿。他把這張畫留在原處，相當確定那隻麋鹿只是假裝沒看到。他一弄完這些畫，就立刻出門，用他省下的所有錢買了印花棉布窗簾，一瓶金漆和一支油漆刷。

他對此感到十分失望，因為他本來希望能用那筆錢買些新衣服，現在卻看著這筆錢換了一組窗簾。直到他到家前，他都不知道那金漆要用來幹嘛；他帶著這東西回家後，在洗手台的夜壺櫃前面坐下，打開櫃子上的鎖，用金漆漆了櫃子內側，然後他明白了這櫃子要用來做什麼了。

還沒準備好前，以諾從來不會要他的血液對他作出預告。他可不是那種抱著異想天開的念頭，提出各種荒唐建議的男孩。像這樣的大事，他總是願意等待事態變得篤定，這一次也一樣，他很確定幾天內就會知道。然後大約有一個星期，他的血液每天都在跟自己開秘密會議，偶爾才會停一下，對他發出某道命令。

接下來的星期一，他醒來時確定今天就是他會知道的那天。他的血液到處猛衝，就像接待過客人後清理房子的婦人，他的情緒陰沉，難以自制。當他領悟到今天就是那一天時，他決定不起床。他不想證明父親的血液有理，他不想總是得做其他人要他做的那些毫無頭緒而且危險的事。

很自然的，他的血液不會忍受這種態度。到了九點半，他已經人在動物園，只比該到的時間晚了半小時。整個上午他的心思都不在應該看守的門上，而是追著他的血液到處跑，像個帶著拖把和水桶的男生，這裡弄弄，那裡潑潑水，一刻都不得閒。第二班警衛一來，以諾就往城裡跑。

他最不想去的地方就是城裡，因爲任何事在都有可能發生。一路上他的心思兜兜轉轉，都在想著怎麼能夠一下班就溜回家上床睡覺。

等他趕到商業區中心時早已精疲力竭，不得不靠著沃爾格林藥局的櫥窗，讓自己平靜下來。汗水沿著他的背往下流，弄得他渾身發癢，因此，幾分鐘內，他一路橫越玻璃，貼著一片五顏六色，有他兩倍高的鬧鐘、廁所用花露水、糖果、衛生棉、鋼筆與口袋型手電筒等廣告櫥窗磨蹭。他一路朝著一種隆隆作響的噪音前進，來到藥店門口的小壁龕中央。這裡有個黃藍相間，用玻璃與鋼鐵構成的機器，把爆米花噴進一個裝了奶油與鹽的大汽鍋。以諾走上前，他已經掏出錢包，摸索錢幣。他的錢包是個頂端用抽繩綁住的長形灰色皮革錢袋。這錢包是從他爹那裡偷來的，他很珍惜它，因爲現在就只有這麼一件他爹碰過的東西（他本人不算）。他找出兩個五分鎳幣，交給一個穿著白圍裙、正在操作機器的蒼白男孩。男孩沿著機器掏了一圈，把一個白色紙袋塡滿爆米花，同時他的眼睛片刻不離以諾的錢包。在其他日子，以諾會試著跟他交朋友，但今天他有太多心事，甚至沒有正眼看那男孩。他接過紙袋，然後把錢包塞回來處。那年輕人的眼睛跟著看到口袋最邊緣。「那玩意兒看起來像豬尿袋咧。」他羨慕地評論道。

「我得走了，」以諾嘟噥著，匆匆進了藥店。在店裡，他心不在焉地走向店鋪後面，再從別的走道走回前面，好像希望任何可能要找他的人都看到他在那裡。他在汽水櫃檯前暫時停下，等著看會不會坐下來叫點東西吃。汽水櫃檯鋪著粉紅色與綠色的大理石紋油氈布，後面有個穿著萊姆色制服的紅髮女侍，繫著一條粉紅圍裙。她有雙綠色眼睛，在粉紅色妝容的襯托下，看起來就像她身後有張萊姆櫻桃驚喜汽水的照片，今天十分錢特賣。

以諾仔細看著她頭上的訊息時，她迎向以諾。過了一會兒，她把胸脯靠在櫃台上，手臂交抱環著胸脯，在那兒等著。以諾一下無法決定該選哪一種混合特調，直到最後她一手挪到櫃台下，拿出一杯萊姆櫻桃驚喜汽水後才結束。「這個不錯，」她說：「是我今天早餐後調的。」

「今天我身上會發生某件事。」以諾說。

「我跟你說這個不錯，」她說：「是我今天調的。」

「今天早上我醒來時就知道了。」他的臉上帶著先知先覺者的神氣。

「上帝啊。」她說著把那杯汽水從他眼底抽走。她轉過身，噼噼啪啪調起各種原料；一下子又甩出另一杯來——一模一樣，卻是剛做好的——放到他面前。

「我現在得走了。」以諾說完便匆匆走往外走。經過爆米花機時，有隻眼睛盯著他的口袋，但他沒有停下腳步。我不想做這件事，他對自己說道。不管是什麼事，我都不想做。我要回家。這會是我不想做的某件事。這會是我無權去做的事。而他想到，他本來可以爲自己買件襯衫和磷光領帶時，怎麼會把所有的錢都花在窗簾跟金漆上。他說，將發生的會是違法的事。違法的事有那麼多，我不會去做的，他說，然後停下腳步。他停在一家電影院前，那裡有張很大的插畫，是隻怪物把一個年輕女人塞進焚化爐。我不會去看那種電影，他說著，緊張地瞥了那插畫一眼。我要回家。我不會在這裡等著看電影。他說：我沒錢買票，同時又拿出錢包。我甚至不會去數裡面有多少錢。

這裡只有四十三分，他說，這樣不夠。有個標示寫著成人票價是四十五分錢，樓座是三十五分。我不要坐樓座，他說：我不買三十五分錢的票。

我不進去，他說。

兩扇門猛然打開，他發現他自己沿著一條長長的紅色門廳前進，然後爬上一條較暗的通道，接著走上一道更高、更暗的通道。幾分鐘內，他爬上了怪物胃裡較高的部分，像先知約拿一樣到處摸索，要找個座位。我不要看電影，他憤怒地說：他不喜歡任何電影，只有彩色歌舞片例外。

第一部影片是講一個叫「眼睛」的科學家，他用遙控技術做手術。於是當你早上醒來，說不定就發現胸口或頭或腹部開了道縫，而某樣少了就活不下去的東西就會不見。以諾把帽子拉得非常低，還把膝蓋縮起來拉到面前；只露出眼睛注視著銀幕。這部電影有一小時那麼長。

第二部電影是講惡魔島監獄的生活。一會兒之後，以諾甚至得抓住座位兩邊的扶手，才不至於掉出前面的欄杆。

第三部電影叫「隆尼重返家園」。是關於一隻名叫隆尼的狒狒，牠從起火的孤兒院裡救出可愛的孩童。以諾一直希望隆尼身上著火燒起來，但牠甚至似乎一點都不覺得熱。到了最後，有個漂亮女孩給牠一枚勳章。以諾再也受不了了。他跳下走道，落在那兩個較高的通道上，然後衝出紅色門廳，跑到街上。空氣撲面而來，他立刻癱倒在地。

他恢復鎮定後，靠坐著電影院的牆壁，他不再想著逃避責任了。現在已經是晚上，而他有種感覺，那件他無法逃避的事就要降臨了。他徹底屈服了。他在牆上靠了大約二十分鐘，然後起身沿街往下走，彷彿被一種靜默的旋律、或是只有狗能聽見的哨音引導。來到第二條街的街角，他停下來，注意力被吸往對街。在那裡，一柱街燈下，面對他停著一輛加高車身的鼠灰色汽車，車頭上有個黑色人影，戴著一頂很醜的白帽。那人影的手臂正上下揮舞，而他正比劃手勢的細瘦雙手，幾乎跟帽子一樣白。「海索．莫茲！」以諾用氣音說，他的心開始左右來回猛力撞擊，就像個瘋狂的鐘錘。

有幾個人站在車子附近的人行道上。以諾不知道海索．莫茲已經建立了無基督教會，而且每天晚上都上街傳道；自從在公園裡帶他看過玻璃櫃裡的乾縮人之後，以諾就沒再見過他了。

「如果你已經得到解救，」海索．莫茲正在叫喊：「你就會在乎救贖，但你不在乎。看看你的內心深處，然後看看你，如果得到了解救，你是不是寧願沒發生過。被解救的人不會得到寧靜，」他吼道：「我傳布的是和平，我為無基督教會傳道，寧靜與滿足的教會！」在車子近處停下腳步的兩、三個人，開始往另一邊走開。「離開啊！」海索．莫茲喊道：「儘管離開！真相對你們不重要。聽著，」他邊說邊用手指指向其他人：「真相對你們不重要。如果耶穌解救了你們，你們身上有什麼變化嗎？你們什麼都不會做。你們的臉動都不會動，不會東看西看，如果那裡有三個十字架，祂就掛在中間那個，那個十字架對你們來說、對我來說，也不會比另外兩個更有意義。過來聽著。你們需要的是某種取代耶穌的東西，某種直接了當的東西。無基督教會沒有耶穌，但它需要一個！它需要一個新耶穌！它需要一個完全的人，一個不會浪費鮮血的耶穌；它需要一個看起來與眾不同的人，這樣你才會看著他。給我這樣一個新耶穌，你就能看到無基督教會可以成就多少事！」

有個圍觀者離開了，只剩兩人。以諾站在馬路中間，癱在那裡動彈不得。

「給我看這個新耶穌在哪，」海索．莫茲喊道：「然後我就會把他立在無基督教會裡，你們就會看到眞理。然後你們就會徹底知道，你們沒有被救贖。來人，給我這個新耶穌，一見到祂，我們就都被拯救了！」

以諾開始叫喊，卻發不出聲音。海索．莫茲繼續講話的同時，他就這樣喊了整整一分鐘。「看著我！」海索．莫茲喊道，他已聲嘶力竭：「你看到的是個平靜的人！寧靜平和，因為我的血液讓我自由。去跟你的血液商量，然後來到無基督教會，也許會有人帶給我們一個新的耶穌，我們一看到祂就全都得救了！」

以諾嘴裡冒出一個難以理解的聲音。他試著怒吼，但他的血液制止了他。他悄聲說：「聽著，我找到祂了！我說我能找到祂！你知道！祂啊！我給你看過的祂。你自己就看到了！」

他的血液提醒他，上次見到海索．莫茲，也就是海索．莫茲用石頭砸他腦袋的時候。而他現在甚至還不知道要怎麼把它偷出玻璃櫃外。他唯一知道的，就是他的房間裡已經準備好一個地方來安放它，一直放到海茲決定將它帶走為止。他的血液建議，他只要把它變成一樣給海索．莫茲的驚喜就好。他開始往後退。他後退穿越街道，再越過一片人行道，接著退上另一條街，有輛計程車不得不猛然停下，免得撞上他。司機把腦袋探出窗外問他，既然神造他時給了他兩個後背，而不是前胸加後背，他是怎麼能夠好好走在街上啊。

以諾心事太多，沒辦法想這件事。「我得走了。」他嘴裡囁嚅著匆匆走開。

9

霍克斯一直把門閂著，每次海茲來敲門——他每天會來個兩、三次——這位前福音傳教士就要他的孩子出去見他，然後在她背後把門再次閂上。海茲埋伏在這棟屋子裡，老是想著藉口要進屋看他的臉，他爲此氣急敗壞；因爲他常喝醉，不想被人看到那個樣子。

海茲不能理解，爲什麼當這傳教士見到一個迷失靈魂的人，卻不歡迎他、沒有做出傳教士該有的舉止。他繼續試著進入那個房間；他能摸到的那扇窗戶一直鎖著，百葉窗也拉了下來。如果可以，他想看看那墨鏡後面的臉。

每次他到門口，那女孩就會出來，裡面的門閂就會鎖上；然後他就擺脫不了她。她跟著他出門到他的車上，然後爬進車裡毀掉他兜風的興致，再不然就是跟著他去他房裡坐。他拋開了引誘她的念頭，現在只想著要保護自己。他已經一個星期沒回這屋子，直到某天晚上他上床睡覺後，她出現在他房裡。她手握一個裝著燃燒蠟燭的玻璃果凍杯，穿著一件掛在瘦削肩膀上的女性睡袍，袍子拖在身後的地板上。直到她幾乎爬上床時海茲才醒過來，他一醒來，便嚇得從被子底下跳到房間中央。

「妳要怎樣？」他說。

她什麼都沒說，但露齒的笑容在燭光下顯得更大了。他站在那裡對她怒目相向了一會兒，然後當他抬起直背椅，一副要砸向她身上的樣子時，她轉瞬間就不再逗留。他的門上沒有門閂，於是只好用椅子頂住門把再回去睡。

「聽著，」她回到他們房間後說：「做什麼都不管用。他還會用椅子打我。」

「我再一、兩天就離開這裡，」霍克斯說：「如果我走了以後妳還想有口飯吃，妳最好要搞定這件事。」他喝醉了，但這話是認眞的。

沒有一件事照著海茲期待的方式發展。他每個晚上都去傳教，但無基督教會的成員仍然只有一個人：他自己。他本來想像很快就會有一大群追隨者，用他的力量來打動那瞎子，卻沒有人追隨他。他曾經有過某種追隨者，結果證明是個誤會。有個大約十六歲的男孩，他想找人跟他一起上妓女戶，因爲他從來沒去過。他知道地方，但不希望沒個懂門道的人陪他一起去，當他聽過海茲講話，就在附近晃蕩，等海茲布道結束時便邀他同行。但這完全是個錯誤，因爲在他們去過又出來後，海茲要求他成爲無基督教會的成員，或者更進一步成爲他的門徒、一位使徒的時候，那男孩說很抱歉，他無法成爲這個教會的成員，因爲他是天主教的冷淡教友[5]。他說他們剛才做的事是不赦之罪，而且若是他們未曾悔罪就死去，就將受到永恆的懲罰，永遠無法見到上帝。海茲其實沒有逛窯子的興致，這男孩就這樣浪費他半個晚上。他吼著說沒有罪惡或審判這回事，但那男孩只是搖搖頭，然後問他明晚願不願意再一起去。

如果海茲相信祈禱這套，他就會祈求上帝給他一個門徒，實情是他就只能爲此事煩惱。然而，遇到那男孩之後的第二天晚上，門徒出現了。

那天晚上他在四家不同的電影院外傳教，每一次他抬頭，都看到同一張大臉對著他微笑。那男人圓圓胖胖，一頭金色捲髮，留著時髦的鬢腳。他穿著黑底銀色條紋西裝，還有一頂推到後腦勺的寬邊白帽，他穿著服貼的黑色尖頭鞋，沒穿襪子。他看起來像是從傳教士轉

5 按照天主教信仰，一旦受洗就永遠是教徒，然而不再實際參與信仰活動（如彌撒與告解等）的教徒就稱爲冷淡教友。

行的牛仔，或是由牛仔轉行的禮儀師。他的長相不帥，但微笑底下有種誠實的神情，像副假牙一樣嵌在臉上。

每次海茲看著那男人，男人都會眨眨眼。

在他傳教的最後一家電影院前，除了那男人之外，還有三個人在聽他說話。「你們這些人有那麼一點在乎眞理嗎？」他問道。「通往眞理的唯一道路就是透過褻瀆，你們在乎嗎？你們會對我說過的話付出任何一點關注嗎，或者你們就只會像其他人一樣走開？」

那裡有兩個男人跟一個女人，女人肩上趴著一個貓臉嬰兒。她一直看著海茲，彷彿他只是嘉年華會上的一個攤位。「喔，來吧，」她說：「他講完了。我們得走了。」她轉身離開，兩個男人也跟著走了。

「儘管走吧，」海茲說：「不過記得，眞理不是每個街角都能遇到的。」

一直跟著他的男人很快上前，伸手拉住海茲的褲腿，對他眨眨眼。「下來吧，嘿，老鄉，」他說：「我想跟你說說**我**的事。」

那女人轉過身，他對她微微一笑，好像他一直爲她的美貌所迷。她有張緋紅的方臉，頭髮才剛做好。「我眞希望我帶了吉他過來這裡，因爲不知怎的，我就要配著音樂才能把美好的事講得清楚點。你講到耶穌的時候，會需要一點音樂，不是嗎，朋友們？」他看著那兩個男人，彷彿要訴諸銘刻在他們臉上的良好判斷力。他們戴著棕色毛氈帽跟黑色的城裡人西裝，看起來像是一對兄弟。

「聽著，朋友們，」這位門徒口氣親暱地說：「我在遇到這邊這位先知之前的兩個月，你不會認出我是同一個人。我在這世界上沒有朋友。你們知道在世上沒有一個朋友是什麼樣子嗎？」

「這不會比趁你不注意時在你背後插刀更糟啊。」年長點的男人這麼說，他的嘴唇幾乎沒分開過。

「朋友，你說那句話的時候像是嘴裡含著東西，」男人說：「如果我們還有時間，我會要你重複一次那句話，這樣才能讓每個人都像我一樣聽到。」電影結束了，有更多人走出來。「朋友們，」男人說：「我知道你們全都對這位先知有興趣，」他指向坐在車頭上的海茲：「而且，如果你們給我點時間，我就會告訴你們，他和他的想法對我的影響。不用擠，因爲我很樂意留在這裡花上一整夜告訴你們——如果眞要花這麼長時間的話。」

海茲站在原地，動都不動，腦袋微微前傾，似乎不確定自己聽到了什麼。

「朋友們，」男人說：「讓我介『勺』自己。我的名字是歐尼·傑·何力[6]，我要跟你們說說這件事，這樣你們就能打聽一下，看我有沒有對你們撒謊。我是個傳教士，我不介意人家知道，不過我不會要你們相信任何自己心裡感覺不到的事情。你們這些從外邊來的人，再往前面一點，這邊你們可以聽得清清楚楚，」他說：「我不是賣東西，我是在把東西往外送！」為數不少的一群人停下了腳步。

「朋友們，」他說：「兩個月前你們不會認為我和現在是同一個人。我在這世上沒一個朋友。你知道在世上沒一個朋友是什麼樣子嗎？」

一個響亮的聲音說：「這不會比趁你不……」

「哎，朋友啊，」歐尼·傑·何力說：「在世界上沒有一個朋友，大概是能夠發生在任何男女身上最悲慘又孤單的事情了！而我就發生了這種事。我已經準備好要上吊或者徹底棄絕希望。連我自己親愛的老媽媽都不愛我，這不是因為我的內心不甜美善良，而是因為我從來不知道怎麼讓內心天生的甜美善良流露出來。每個生到這塵世的人，」他說著伸出雙臂：「生來就甜美善良，充滿了愛。一個幼童會愛每一個人，朋友們，而且他的本質就是甜美善良——直到某件事發生為止。某件事發生了，朋友們，我不必告訴像你們這樣可以自己思考的人。等到幼童長大一些，他的甜美善良就不會表現得這麼明顯，憂愁與煩惱會來困擾他，而他所有的甜美善良都被逼到心裡去了。然後他會變得悲慘、孤單又難受，朋友們。他說：『我所有的甜美善良到哪去了？愛我的所有朋友們到哪去了？』而時時刻刻，他甜美善良、破破爛爛的小玫瑰其實都在體內，一片花瓣都沒掉，但是外在卻只有一種平庸的寂寞。他可能會想了結自己的生命，或者你的生命，或者我的，或者徹底絕望，朋友們。」他用悲哀的鼻音說出這番話，但臉上一直帶著微笑，所以他們可以看出他已經熬過剛才講到的事，現在苦盡甘來了。「朋友們，發生在我身上的事就是這樣。我知道自己在說什麼。」他說著把雙手交疊在身體前方。「不過就算在我準備上吊或徹底絕望的所有時刻中，我的內心仍然甜美善良，就像所有人一樣，而我只需要某樣東西把那甜美善良給掏出來。我只需要一點點幫助，朋友們。

「然後我遇到了這邊這位先知，」他說著，指向坐在車頭上的海茲。「鄉親們，那是兩個月前，我聽到他怎樣出手幫助我，他怎樣爲沒有基督的神聖基督教會傳道，這個教會將得到

6 原文Onnie Jay Holy。Holy直譯即爲「神聖」之意。

一個新耶穌，來幫助我把甜美善良的本質帶到外面來，讓每個人都能夠享受到。那是兩個月前了，朋友們，現在你們不會認出我是同一個人。我愛你們每一個人，而且我要你們聆聽他跟我的話，加入我們的教會，沒有基督的神聖基督教會，這個有新耶穌的新教會，然後你們就全都能像我一樣受到幫助。」

海茲身子前傾。「這個男人不眞誠，」他說：「今晚之前我從沒見過他。兩個月前我還沒有爲這個教會傳道，而這教會的名字也不叫沒有基督的神聖基督教會！」

男人對這句話置若罔聞，群衆也一樣。現在有十到十二個人聚在四周。「朋友們，」歐尼·傑·何力說：「我極度高興你們能看到現在的我，而不是兩個月前的我，因爲那時候我不能爲這個新教會還有這位先知作證。如果我隨身帶著我的吉他，我就能把這一切說得更好，但我現在只得靠自己盡可能做到最好。」他的笑容很得人心，讓人覺得顯然他沒想過自己比別人更好，雖然他確實如此。

「現在我只想給你們大家幾個理由，說明你們爲何可以信任這個教會，」他說：「首先呢，朋友們，你們可以信賴它與任何國無關。你不必相信什麼你不瞭解也不贊同的東西。如果你不瞭解它，它就不是眞的，而它就只是這樣。朋友們，這副牌裡沒有鬼牌。」

海茲再往前靠。「褻瀆是通往眞理之路，」他說：「不管你們懂不懂，沒有別的路了！」

「現在呢，朋友們，」歐尼．傑說：「我想告訴你們第二個理由，爲什麼你們可以完全信任這個教會是奠基於聖經建立起來的。是的先生！它是奠基於你自己對聖經的個人『前釋，朋友們。你們可以坐在家裡，前釋你自己的聖經，你心裡覺得它應該怎麼前釋，就怎麼前釋。沒錯，」他說：「就像耶穌採取的作法。哎，我眞希望我的吉他在這兒。」他抱怨道。

「這人是個騙子，」海茲說：「今晚之前我從來沒見過他，我從來沒有……」

「這樣理由應該夠了，朋友們，」歐尼．傑．何力說：「不過我要多告訴你們一個理由，只是爲了證明我可以。這個教堂是最時興的！你在這個教堂的時候，可以知道沒有任何事物或任何人超前於你，沒有人知道你不知道的事，所有的牌都在桌上，朋友們，而且這是個事『俗』！」

海茲在白帽下的臉開始露出兇惡的表情。正當他要再次開口時，歐尼．傑．何力驚異地指向戴著藍色童帽、軟趴趴癱在女人肩頭那個寶寶。「哎呀，那裡有個小寶貝，」他說：「一個無助的甜美善良小包袱。哎呀，我知道你們大家不會讓那小東西長大後，在這份甜美善良可以在外頭掙得朋友、讓他爲人所愛的時候，讓他把所有甜美善良都推到他心裡去。這就是爲什麼我要你們大家每一位都加入沒有基督的神聖基督教會。這會花上你們每個人一塊錢，但一塊錢算什麼？就是些二毛錢銅板嘛！要替你體內那一小朵甜美善良玫瑰解鎖，花這點錢不太多！」

「聽著！」海茲吼道：「知道眞理不用花上你們任何一點錢！你們不能透過錢來認識眞理！」

「朋友們，你們聽到先知說什麼了，」歐尼．傑．何力說：「花一塊錢不算太多。對於學習眞理，多少錢都不算多！現在我要你們，將來要利用這個教會的大家，在我口袋裡的這本小簿子上簽名，親自把你們的一塊錢遞給我，讓我握握你們的手！」

海茲從他的車頭上溜下來，坐進車裡，然後用猛踩油門。

「嘿等等！等等！」歐尼．傑．何力喊道：「我還沒記下這些朋友的名字呢！」

這台艾賽克斯有個一到晚上就抽搐的毛病。它會往前衝個大約六吋，然後再後退四吋；它現在連續做了幾次快速抽搐；若非如此，海茲就會開著它衝出去，離開現場。他得用兩手抓住方向盤，免得被甩出擋風玻璃外，或是甩到後座。這輛車幾秒之後停止抽搐，然後滑行了大約二十呎，接著又抽了起來。

歐尼．傑．何力的臉上緊繃到極點；他把手放到臉旁，彷彿保持面帶微笑的唯一辦法，就是按住那個笑容。「我現在得走了，朋友們，」他迅速說道：「不過明天晚上我會在相同的地方，我現在得追上先知了，」然後就在艾賽克斯再度開始滑行時，他衝了出去。他本來追不上的，要不是它再往前跑了十呎後又停下來的話。

他跳上腳踏板，打開門後栽進車裡，在海茲旁邊喘著氣。「朋友，」他說：「我們剛剛損失了十塊錢。你這麼急著走幹嘛？」他帶著微笑看著海茲，但笑得呲牙咧嘴，顯示他真的十分痛苦。

海茲轉過頭，盯著他看了許久，直到那笑容又被一陣抽搐甩向擋風玻璃。在那之後，艾賽克斯開始跑得平順起來。歐尼．傑拿出一條薰衣草香手帕，然後放在嘴前按了一會兒。等他拿開手帕，那微笑再次回到他的臉上。

「朋友，」他說：「你跟我在這件事情上得團結起來。我第一次聽到你開口的時候，我說：『哎呀，那裡有個了不起的人有些了不起的點子啊。』」海茲沒有轉頭看他。

歐尼．傑長長吸了口氣。「哎，你知道我第一次看到你的時候，你讓我想起誰嗎？」他問道。等了一分鐘後，他柔聲說：「耶穌基督和亞伯拉罕．林肯啊，朋友。」

海茲的臉突然被狂怒淹沒。那張臉上所有的表情都被消滅了。「你不眞誠。」他用幾乎聽不到的聲音說道。

「朋友，你怎麼能這樣說？」歐尼．傑說：「不然我怎能在電台做上三年節目，把眞正的宗教體驗帶給整個家庭啊。你從來沒聽過這節目嗎——叫『靈魂安逸』，一刻鐘的情緒、旋律與精神性？我是個眞正的傳教士，朋友。」

海茲停下艾賽克斯。他說：「你滾出去！」

「哎呀朋友！」歐尼．傑說：「你不該說這種話！我是傳教士兼電台明星，這是絕對的眞話。」

「滾出去！」海茲說著，伸手越過鄰座替他打開車門。

「我從沒想過你會用這種『放』式對待一位朋友，」歐尼．傑說：「我就只是想問你這個新耶穌的事。」

「滾出去！」海茲說完，便把他推向車門。他把歐尼．傑推到座椅邊緣，然後用力一送，歐尼．傑跌出車門外，掉在馬路上。

「我從沒想過一個朋友會用這種『放』式對待我，」他抱怨道。海茲把再他的腿踢下踏腳板，再度關上車門。他把腳放到油門上，但什麼事都沒發生，只有他身體下方某處發出一個噪音，聽起來像有個人在漱口卻沒有水。歐尼．傑從路面爬起來，站在車窗旁，開口說：「如果你能告訴我，你說的這個新耶穌在哪裡就好了。」

海茲用腳一連踩了好幾下油門，但什麼事都沒發生。

「拉開阻風門。」歐尼．傑建議道，同時站上腳踏板。

「這台車沒有阻風門！」海茲咆哮道。

「也許是點火器被油打濕了，」歐尼．傑說：「趁我們在這等的時候，你跟我可以談談沒有基督的神聖基督教會。」

「我的教會是無基督教會，」海茲說：「你這種人我已經看夠了。」

「朋友，如果你沒加個什麼在這個教會名稱的意義上，你給它加上多少個基督都沒差別，」歐尼．傑用受傷的語調說：「你應該聽我的，因爲我不是業餘人士。我是個行家。如果你想在宗教界闖出些名堂，你得讓它甜美好入口。你有好點子，但你需要的是個行家與你共事。」

海茲的腳先猛踩油門，然後踩離合器，接著再踩離合器，然後再輪到油門。什麼事都沒發生。街上早已空無一人。「我可以跟你站到車後，把它推到人行道邊。」歐尼·傑這麼建議。

「我沒要你幫忙。」海茲說。

「你知道的，朋友，我肯定想見見這位新耶穌，」歐尼·傑說：「我以前從來沒聽過比這更有搞頭的點子。它需要的就只是一點小小的宣傳。」

海茲把全身重量往前硬壓在方向盤上，想藉此發動車子，但不管用。他下了車，來到車尾，把它推到人行道邊。歐尼·傑跟著他一起到車後，加上他一份力氣。「我自己在某種程度上也有個關於新耶穌的點子，」他說出這個看法。「在我看，找個新的會比較跟得上時代。

「你把他藏在哪，朋友？」他問道：「他是你每天會見到的某個人嗎？我肯定願意見見他，聽聽他的某些點子。」

他們把車子推進一個停車位。但沒辦法鎖上車子，海茲害怕如果把車整夜留在離他住處這麼遠的地方，就會被人偷走。他沒別的辦法，只能睡在車裡。他坐進後座，開始拉下有穗邊的遮陽窗簾。然而歐尼·傑把頭伸到前面。「你不用擔心我見到這個新耶穌後就會把你推開，」他說：「哎呀，朋友，這只是為我的靈魂好，對我來說意義重大。」

海茲把那塊木板從座椅架上移開，讓出更多空間架起他的簡易床鋪。他在後面放了個枕頭跟一條軍毯，而且還有個攜帶式瓦斯爐跟一個咖啡壺，就放在橢圓形後窗下的架子上。

「朋友，我甚至很樂意付你點錢好看看他。」歐尼．傑提議。

「聽我說，」海茲說：「你給我離開。你這種人我看夠了。沒有新耶穌這種東西。那不是任何東西，只是用來說明某件事的一種方法而已。」

歐尼．傑臉上的微笑慢慢滑落。他問道：「你那麼說是什麼意思？」

「沒有這種東西或這個人，」海茲說：「那什麼都不是，只是說明一件事的一種方法。」他把手放上門把，然後關上車門，雖然歐尼．傑的頭還在那裡。「沒有這種東西存在！」他吼道。

「你們這種『茲』識份子就有這種問題，」歐尼．傑嘟噥著：「你們永遠拿不出任何東西來證明你們說的話。」

「把你的頭拿到我的車窗外面，何力。」海茲說。

「我叫胡佛．修慈，」頭卡在車門內的男人咆哮道：「我從第一次見到你就知道，你啥都不是，就是個怪胎。」

海茲把門推開，再大力關上。胡佛·修慈把頭移開了，但他的拇指還沒。頓時一陣撕心慘嚎揚起。海茲打開車門，放開那隻拇指，然後再次大力甩上門。他拉下前面的遮陽罩，接著躺在後座的軍毯上。他還能聽見胡佛·修慈在外面的馬路上到處跳腳嚎叫。等到嚎叫聲消失，海茲聽到幾個腳步聲走向車子，然後一個激昂的聲音喘著氣透過鐵皮說：「你聽著，朋友。我會把你趕出這行。我可以弄到自己的新耶穌，我也可以幾乎不花半毛就弄到個先知，你聽到了？你聽到沒，朋友？」那粗啞的聲音說道。

海茲沒有回答。

「對啦，明天晚上我會在這裡傳我自己的教。你需要的是點小小的競爭，」那聲音說：「你聽到我說的嗎，朋友？」

海茲站起來，靠向前座，然後一手搥向艾賽克斯的喇叭。那喇叭的聲音，活像被鋸子鋸斷的山羊笑聲。胡佛·修慈往後一跳，彷彿一陣電流通過似的。「好吧，朋友，」他說著，往後站開大概十五呎遠，身體還在顫抖。「你就等吧，你還會再見到我的。」說完他便轉身沿著安靜的街道離開。

海茲在車上躺了大約一小時，感覺糟透了：他夢見自己沒有死，卻被埋了起來。他不是在等待審判日，因爲沒有審判日，他等待的是一片虛無。各式各樣的眼睛透過後面的橢圓窗看著他的處境，某些眼睛帶著不少敬意，就像動物園的那個男孩，有些只是來看他們能看到什麼東西。有三個拿著紙袋的女人挑剔地注視著他，好像他是某種她們可能買下的東西——一片魚肉——但過了一會兒她們就走了。一個戴帆布帽的男人往裡看，把拇指放在鼻子上，並舞動手指。然後是個左右兩邊各帶著一個小男生的女人停下往裡看，咧嘴笑著。片刻之後她把兩個男孩推到視線外，暗示她要爬進來跟他作一會兒伴，不過她無法通過玻璃，最後還是走了。整個過程中，海茲一直想要出去，但既然做不到，他就不再做任何動作。他一直期待霍克斯會拿著扳手出現在橢圓窗前，但那盲人沒來。

最後他甩脫夢境醒了過來。他以爲現在應該到了早上，但才只是午夜而已。他把自己拖到車子前座，把腳放上離合器，結果艾賽克斯靜靜地往外滾動，像是什麼事都沒有似的。他開回那屋子，自己開門進屋，不過沒有上樓去自己的房間，反而站在走廊上，注視著瞎子的門。他走到那門邊，把耳朵貼上鑰匙孔，聽到了鼾聲；他輕輕轉動門把，但門沒有動靜。

這是他頭一次有了撬鎖的想法。他摸索口袋想找個工具，然後拿出一小段他有時拿來當牙籤的鐵絲。走廊上燈光微弱，不過夠他工作了，他跪在鑰匙孔前，小心翼翼插進鐵絲，設法不發出聲音。

過了一會兒，在他用五、六種不同方式試過那根鐵絲後，鎖裡傳出輕微的喀噠一響。他顫抖著站起來，把門打開。他的呼吸變得短促，心臟怦怦亂跳，彷彿他是從很遠的地方一路跑來。他站在房間門口，直到眼睛習慣黑暗爲止，然後他緩慢地移向那張鐵床，站在那裡。霍克斯躺在那張床上。他的頭懸在床緣。海茲在他身邊蹲下，擦亮一根火柴湊近他的臉，而他睜開了眼睛。兩雙眼睛互相注視，直到火柴燒完；海茲的表情似乎朝著一片更深的空茫打開，反映出某樣東西，接著又關上了。

「現在你可以滾出去了，」霍克斯用短促濃濁的聲音說：「現在你可以放過我了吧。」然後他對著那張居高臨下的臉一戳，但沒碰到。那張臉縮了回去，在白色帽子底下毫無表情，一下就離開了。

10

第二天晚上，海茲把艾賽克斯停在歐迪昂戲院前，爬到車上開始傳教。「讓我告訴你，我跟這個教會代表什麼！」他從車頭上喊道。「停下來一分鐘聽聽眞理，因爲你可能永遠不會再聽到了。」他站在那裡，脖子往前伸，一隻手往上畫出一道含糊的弧形。兩個女人跟一個男孩停了下來。

「我要傳的道是：有各種各樣的眞理，你的眞理跟別人的眞理，不過在所有眞理背後，只有一個眞理，那就是沒有眞理，」他叫道：「在所有眞理的背後沒有眞理，這就是我跟這個教會所傳的道！你所來之處已經消失，你將要去的地方從來就不存在，而你所在的地方沒有意義，除非你能脫離。那麼你能待的地方在哪裡？完全沒有。

「除你自身之外，別無任何安身之處，」他說：「你不必仰望天空，因爲天空不會打開來，對你顯示它後面的虛空。你不必在地上尋找有無任何可通往他方的洞口。你不能前進或後退到你爹或你孩子的時代——如果你有孩子的話。此時此地的你自己，就是你能擁有的一切。如果有任何墮落可言，看看你自己，如果有任何救贖可言，看看你自己，而如果你期待任何審判，看看你自己，因爲這三個一定全都在你的時代和你的身體裡，而它們能在你的時代與你身體的哪一處呢？」他大喊：「在你的時代，在你的身體，耶穌怎樣救贖了你？」他喊道：「給我看是哪裡，因爲我看不到那地方。如果眞的有，那裡就會是你的安身之所，但你們有哪一個能找到那地方？」

另一小群人稀稀落落地從歐迪昂出來，有兩個停下看著他。「是誰說那地方是你的良心？」他一面喊著，用壓抑的臉孔環顧四周，好像他能聞到有某個特定的人在想著這件事。「你的良心是個詭計，」他說：「它不存在，雖然你可能認爲它存在，而如果你認爲它存在，你最好把它趕到光天化日之下，追獵它，然後殺了它，因爲它不過就是你在鏡中的臉，或是你身後的影子。」

他如此全神貫注地傳道，因此沒注意到有輛加高車身的鼠灰色汽車已經繞了這街廓三趟，兩個坐在裡面的男人正在找地方停車。他沒看到離他兩個車身遠的地方，那輛車停進另一輛剛開走的車留下的空位，而且他沒看到胡佛．修慈跟一個穿著扎眼藍色西裝外套與白帽子的男人從那輛車上下來，但過了幾秒，他的頭轉向那邊，看到那個穿著扎眼藍西裝、戴著白帽的男人站上了車頭。這幻象中的他是如此憔悴枯瘦，讓他震驚到停下講到一半的布道。他以前從來沒那樣想像過自己的樣子。他看到的那個男人胸膛凹陷，脖子前伸，兩隻手臂掛在身體兩側；他站在那裡，好像在等待某種他害怕自己可能錯過的信號。

胡佛．修慈在人行道上走來走去，在他自己的吉他上彈出幾個和弦。「朋友們，」他喊道：「我想介『勺』你們認識這裡的眞先知，而我要你們全部聽聽他的話，因爲我想這些話能讓你們快樂，就像這些話對我產生的效果。」如果海茲注意到胡佛，可能就會對胡佛的樣子有多快樂留下深刻的印象，但他的注意力全集中在車頭上的那個男人。他從自己的車上下來，然後走近一些，他的視線從沒離開那淒涼的身影。胡佛．修慈舉起他的手，兩隻手指一比，那男人突然間帶著鼻音，用歌唱似的高亢聲音喊了出來：「未得救贖者快來救贖自己，新耶穌就要來了！看看這個奇蹟！幫幫你自己，得到無基督神聖基督教會的救贖！」他用同樣的語調又喊了一遍，但這次速度加快。然後他開始咳嗽。他有種肺癆式的響亮咳嗽聲，從體內深處開始，再隨著一聲長長的喘息結束。咳到最後，他咳出一團白色流質。

海茲站在一個胖女人旁邊，過了一會兒她轉頭盯著他看，接著又轉回去，盯著那個眞先知。最後她用手肘碰碰他的手肘，對他露齒而笑，問道：「他跟你是雙胞胎？」

「如果妳不追獵它，然後殺了它，它就會追獵妳、殺死妳，」海茲答道。

「吭？誰？」她說。

他別過頭去，她則在他走回自己車上開走時盯著他看。然後她碰了一下站在另一邊男人的手肘。「他是瘋子，」她說：「我從來沒見過會獵殺彼此的雙胞胎。」

當他回到自己的房間，安息日．霍克斯在他床上。她被推到床鋪一角，單手抱膝坐著，另一手抓著被子，好像打算緊抓著那被子不放。她繃著臉，滿懷憂懼。海茲在床上坐下，但幾乎沒看她一眼。「我不在乎你是不是會拿桌子來打我，」她說：「我不會走的。我沒地方可去。他丟下我跑了，是你把他趕跑的。昨天晚上我有在看，我看見你進來，把火柴拿到他面前。我想用不著點火柴，任何人都能看出他以前是什麼樣。他只是個騙子。他甚至算不上大騙子，只是個小騙子，他厭倦行騙的時候，就在街上乞討。」

海茲彎下腰，開始解開鞋帶。這是雙舊軍鞋，先前他塗上黑色，好蓋過政府配給品的痕跡。他鬆開鞋子，把腳伸出來，坐在那裡低頭俯視，同時她則小心翼翼注視著他。

「你要打我還是不打？」她問道：「如果你要動手，現在就上來動手，因爲我不會走的。我沒任何地方可去。」他看起來不像要打任何東西；他看起來倒像是要在那裡就這麼坐到死爲止。「聽著，」她很快轉換語調說：「從我看到你的那一分鐘起，我就對自己說，那就是我要的，只要給我一部分的他，我說看看那雙胡『套』色眼睛，眞讓人瘋狂呀，姑娘！純眞到什麼都藏不住，他是齷齪到了骨子裡，就像我一樣。唯一的差別是我喜歡保持這個樣子，他卻不喜歡。是吧！」她說：「我喜歡保持這個樣子，而且我可以教你怎麼喜歡上他。你想學學怎麼喜歡上這樣嗎？」

他微微轉頭，就在背後，他看到一張蒼白清瘦的平庸小臉，上面有著一雙明亮的綠眼和笑容。「是啊，」他這麼說，臉上冷漠的表情毫無改變。「我想。」他站起來脫掉外套、長褲和內褲，再把這些衣服放在直背椅上。然後他關了燈，再一次坐在帆布床上，脫掉襪子。他的腳又大又白，踩在地板上感覺潮濕，而他坐在那裡，注視著那雙腳製造出的兩個白色形體。

「來吧！快一點，」她說著，用膝蓋撞上他的背。他解開襯衫鈕釦，脫了下來，用這件襯衫擦擦臉，再丟到地板上。然後他讓雙腿滑進被子裡，就在她旁邊，然後坐在那裡，像是等著要多想起一件事。

她的呼吸很快。「脫掉你的帽子，野獸之王。」她聲音粗啞地說，她的手從他腦後冒出來，把帽子搶下來後丟出去，飛過黑暗中的房間。

11

第二天早上接近中午時，有個人穿著黑色長雨衣，戴著一頂淺色帽子，帽沿拉低到臉上、邊緣往下折，跟雨衣往上翻的領子交接，他貼著建築物牆面，迅速沿著某些偏僻街道移動。他拿著一個約莫嬰兒大小的東西，包在報紙裡，他還帶著一把黑傘，因爲天空的顏色像老山羊的背，是難以預料的陰沉灰色。他戴著墨鏡，還有一把黑鬍子，觀察入微者會說那不是自然的產物，而是用安全別針固定在帽子兩側。他往前走時，雨傘一直從他臂下滑落，絆住他的腳，似乎打算阻止他去任何地方。

他還沒走完半條街，大顆的油灰色雨滴就開始潑灑在馬路上，他背後的天空還發出一聲險惡的轟鳴。他跑了起來，一手抱緊那個包裹，另一手拿著雨傘。一瞬之間，暴雨追上了他，他躲到一家藥店夾在兩個櫥窗中間的藍白相間磚砌店門口。他把墨鏡稍微拉低一點。那對從墨鏡邊緣往外望的淺色眼睛屬於以諾．艾摩瑞。以諾正要去海索．莫茲的房間。

他從沒去過海索．莫茲的住處，不過引導著他的直覺對自己非常有信心。包裹裡的東西是他在博物館裡給海索看過的東西。他昨天把它偷了出來。

他用棕色鞋油塗污臉部跟雙手，這樣如果有人當場看到，就會當他是有色人種；他趁著警衛打盹時偷溜進博物館，用他跟房東太太借的扳手打破玻璃櫃；然後，渾身發抖、冷汗直流，他把那乾縮人拿出來，塞進一個紙袋，然後再度從警衛身邊溜出去時，那警衛還在打盹。他一出了博物館就想到，既然先前沒有人看到並把他當有色人種，他現在這個樣子立刻就會讓人起疑，於是他必須僞裝自己。於是他才戴上黑鬍子和墨鏡。

他回到自己的房間後，他把新耶穌從袋子裡拿出來，幾乎不敢看著他，就把他放進塗了金漆的櫃子裡；然後他在床緣坐下等候。他在等著某件事發生，他不知道會是什麼事。他只知道有某件事要發生，他整個人從裡到外都在等這件事。他認爲這會是他人生中最重要的時刻之一，但除此之外，他對於這件事會是什麼，連點最起碼的概念都沒有。他想像自己在這件事結束後，將成爲一個全新的人，會有比現在更好的人格。他在那裡坐了大約十五分鐘，但什麼事都沒發生。

他在那裡又多坐了五分鐘。

然後他明白了自己必須先採取行動。他站起來，躡手躡腳走向櫥櫃，蹲在櫃門前；等了一秒後先打開一條小縫往內看。過了一會兒，他非常緩慢地拉大縫隙，把自己的頭塞進那壁龕裡。

好些時間過去了。

在他正後方，只能看到他的腳跟，還有他穿著褲子的臀部。房間徹底安靜無聲；甚至聽不見街聲；整個宇宙可能都關閉了；連跳蚤都不跳了。然後毫無徵兆地，一記響亮的水聲從櫃子裡迸出，接著還有骨頭撞上木頭的重擊聲。以諾踉蹌後退，緊抱著頭臉。他在地板上坐了幾分鐘，整個人還處於震驚之中。剛開始那片刻，他以爲是乾縮人打了噴嚏，但下一瞬間，他察覺到了自己鼻子的狀態。他用袖子抹乾淨，然後又在地板上多坐了一會兒。他的表情顯示，他心裡正慢慢湧出某種令人不快的念頭。過了一會兒，他踢了一下櫃門，讓它在新耶穌面前關上，然後爬起來，開始狼吞虎嚥地吃起一根糖果棒，彷彿跟它有不共戴天之仇似的。

第二天早上他直到十點才起床——那天他放假——而他直到將近中午才出發去找海索．

莫茲。他記得安息日．霍克斯給他的地址，而他的直覺就帶著他前往那裡。他非常惱怒不滿，必須用這種方式耗掉他的假日，而且天氣又差，但他想擺脫這個新耶穌，這樣要是警察爲了這個搶案要逮任何人的話，他們可以去抓海索．莫茲而不是他。他完全不了解，他爲什麼要讓自己爲了一個死掉後乾縮的半黑人侏儒冒險——他什麼都沒做，就只是讓自己接受防腐處理，然後在一個博物館內躺著發臭度過餘生。這遠遠超過他的理解範圍。他非常不悅。現在照他看來，哪個耶穌都一樣壞。

他借了房東太太的雨傘，當他站在一家藥局門口，試著打開這把傘時，發現這把傘至少跟她一樣老了。當他終於把傘撐開，他把墨鏡推回眼前，然後重新走進滂沱大雨中。

那把雨傘他房東太太十五年前就不用了（這也是她會借給他的唯一理由），而且雨一打在傘頂，它就尖叫一聲塌了下來，戳到他的頸背。他將那把傘舉在頭上跑了幾呎，又躲進另一家商店門口，把傘拿開。然後，爲了再度把傘撐起來，他必須把傘尖放在地上，用腳把它踩開。他再次跑出去，把手舉到接近傘骨輪軸的高度，讓傘保持打開的狀態，這就讓傘柄——雕成一個獵狐犬頭——每隔幾秒鐘就戳一下他的肚子。他就這樣繼續前進了大約四分之一條街，然後絲布的後半段從傘軸上站了起來，讓暴雨掃進領口。接著他躲進一家電影院的遮陽蓬下。今天是星期六，有很多孩子站在那裡，或多或少算是在售票口前排成一列。

以諾不是非常喜歡小孩，不過孩子似乎總是喜歡看著他。隊伍轉彎了，二、三十隻眼睛開始持續盯著他看。那雨傘現在的樣子醜怪無比，半開半收，而打開的那一半就快塌下來，把更多水倒進他的領口。在這件事確實發生時，孩子們笑出聲來，還跳上跳下。以諾對他們怒目相向，背對他們，再拉低墨鏡。他發現自己面對一張實物大小的大猩猩四色印刷圖片。在大猩猩頭上，用紅色字體寫著：「巨大的叢林統治者兼巨星親臨此地！」在大猩猩的膝蓋高度，有更多詞句寫著：「中午十二點剛加將親自出席本戲院前，**就是今天！**夠勇敢能上前與牠握手的前十位觀眾可免費入場。」

在命運女神開始把腿收回，要踹以諾一腳的那一刻，他通常會想到別的事。在他四歲大時，父親從監獄帶了個錫盒回家給他。盒子是橘色的，外面有某種花生糖的圖片，還有綠色的字寫道：**一個瘋狂驚喜**[7]！但當以諾打開盒子，一條捲成圈圈的鐵片對著它跳了出來，打斷了他兩顆門牙的尖端。他的人生中充滿如此多這樣的事件，他似乎應該對自己的危險時刻

7　原來的用詞是nutty surprise，nutty一語雙關，既是「瘋狂的」也表示「很多堅果的」。

更加敏感才對。他站在那裡，小心翼翼讀了兩遍這張海報。在他心中，這是上天賜他侮辱一隻成功人猿的好機會。他突然間恢復了對新耶穌的所有崇敬。他看出自己到頭來會得到回報，並擁有他期待中的重大時刻。

他轉身問最靠近的孩子現在幾點。那孩子說現在十二點十分，剛加已經遲到十分鐘了。另一個孩子說，也許因爲下雨才讓牠來遲了。另一個說，不，不是因爲下雨，他的導演是從好萊塢搭飛機來的。以諾咬緊牙關。第一個孩子說，如果他想跟那明星握手，就得像他們其他人一樣排隊等著輪到他。於是以諾去排隊了。一個孩子問他幾歲。另一個則評論說，他的牙齒看起來怪怪的。他盡可能忽略這一切，開始整理雨傘。

幾分鐘內，一輛黑色卡車轉過街角，在大雨中慢慢來到這條街上。以諾把雨傘塞到手臂下，開始眯著眼透過墨鏡往外看。卡車接近時，車內有台唱機開始播放「塔拉拉嘣滴哎」（Tarara Boom Di Aye）[8]，但音樂幾乎被雨聲淹沒。卡車外面有張畫著一個金髮女的巨幅插畫，廣告的是大猩猩之外的某部其他電影。

當卡車停在電影院前，孩子們小心維持隊形。車子的後門被造得像個囚車，帶著鐵柵，不過那人猿不在裡面。兩個穿雨衣的男人從卡車駕駛室走出來，一邊咒罵，一邊跑著繞到後面把門打開。其中一個探頭進去說：「好了，動作快點行嗎？」另一個人拇指朝著孩子們一比說：「你回來行嗎，行嗎回來吧？」

在卡車內，唱片上的聲音說：「各位，剛加就在這裡，怒吼的剛加，一位巨星。大家，給剛加一輪熱烈的掌聲！」那聲音在雨中幾乎變成含糊不清的嘟噥。

等在卡車門口的男人又探頭進去。「好了你要出來嗎？」

貨車內的某處傳來微弱的重擊聲。片刻之後，一隻黑色毛皮手臂冒出來，才一碰到雨水，那隻手臂就又縮回裡面。

「天殺的，」遮陽篷下的男人這麼說；他脫掉雨衣，拋給車門口那個男人，他再把雨衣拋進貨車裡。又過了兩、三分鐘後，大猩猩出現在門口，雨衣一路扣到下巴，衣領翻起。牠的脖子上掛著一條鐵鏈；男人抓住鏈子，拉著他下來，然後他們兩個一起跳到遮陽篷下。一個貌似慈母的女人在玻璃售票亭裡，準備好讓前十位勇敢到可以上前來握手的小孩通過。

大猩猩完全無視那些孩子，跟著男人到門口的另一邊去，那裡有個從地面高起一呎的小

8　一首從一八九一年起流傳至今的歌舞秀常用歌曲。

平台。他站在平台上，轉過身面對孩子，開始咆哮。他的咆哮聲與其說響亮，不如說是惡毒；那聲音似乎是從一顆黑暗的心中散發出來。以諾嚇壞了，要不是他的四周都是小孩，一定會逃之夭夭。

「誰要先上前？」男人說：「來吧來吧，誰要先上前？第一個上來的孩子免費通過。」這群孩子沒人動作。男人怒視著他們。「你們這些孩子是怎麼了？」他吼道：「你們膽子很小？只要我用這條鏈子控制住牠，牠不會傷害你們的。」他握緊掌中的鏈子，對著他們發出叮叮噹噹的聲響，示意自己正穩穩掌握著它。

過了一分鐘，一個小女孩從團體裡走出來。她有一頭刨木屑般的長捲髮和一張兇惡的三角臉。她走上前，來到那位明星的方圓四呎內。

「好了好了，」男人說著抖響鏈子：「動作快點。」

那人猿伸出手，很快握了一下她的手。這時又有另一個小女孩和兩個男生準備好了。隊伍重新成形，開始前進。

大猩猩持續伸著手，然後轉頭一臉無聊地看著雨。以諾克服了恐懼，正瘋狂地設法想句適合侮辱那隻大猩猩的下流話。通常要他構思這種內容不會有任何困難，但他現在卻什麼都想不到。他的大腦，兩個部分都一樣完全空空如也。他甚至想不出自己每天都在用的咒罵髒話。

現在他前面只剩兩個孩子了。第一個握過手後就站到一旁去。以諾的心臟劇烈跳動。他前面的孩子握完手後也站到一邊，留下他面對那隻大猩猩，大猩猩機械化地握了他的手。這是以諾來到這個城市以來，第一隻伸向他的手。這隻手溫暖而柔軟。

有一刻他只是站在那裡，緊握著那隻手。然後他開始結巴。「我的名字是以諾．艾摩瑞，」他嘟囔道：「我上過羅德米爾男童聖經學院。我在市立動物園工作。我看過你的兩部電影。我只有十八歲，但我已經在爲這個城市工作了。我爹要我來……」然後他的聲音破了。

大明星微微往前，眼神中出現一種改變：一對醜陋的人類眼睛靠近，在那對賽璐珞假眼後方瞇著眼看以諾。「你下地獄去吧。」猩猩裝裡的粗魯聲音說道，聲音低沉卻很清楚，然後那隻手抽走了。

以諾受到的羞辱如此尖銳而痛苦，讓他轉了三次身子才想到自己要往哪個方向走。然後他盡全力迅速奔入雨中。

等他到達安息日．霍克斯家時，整個人都濕透了，他的包裹也是。他緊緊握著那個包裹，但他想要的就只有擺脫它，而且再也不要看見它。海茲的房東太太在外面的前廊上，滿心懷疑地注視著暴雨。他向她問到海茲的房間在哪裡，接著就上樓去。房門微微開啓，他把頭探進門縫。海茲躺在他的帆布床上，眼睛上方有條毛巾；他的臉孔露出的部分十分蒼白，而且皺成一副痛苦的怪相，似乎正處於某種持續的疼痛中。安息日．霍克斯坐在床邊的桌前，拿著一個小化妝鏡研究自己的臉。以諾刮擦牆面發出聲響，她抬起頭來，放下鏡子，躡手躡腳地來到走廊上，關上身後的門。

「我的男人今天病了，現在在睡覺，」她說：「他昨晚也沒睡。你要什麼？」

「這是要給他的，不是給妳的，」以諾說著，把濕透的包裹交給她。「他有個朋友把這東西給我，要我交給他。我不知道裡面是什麼。」

「我會處理，」她說：「你什麼都不用擔心。」

以諾有個十萬火急的需求，想要立刻侮辱某人；這是唯一一種能讓他的感情起碼得到暫時紓解的方法。「我還不知道他會想跟妳有一腿。」他批評完後，對她投去一種異樣的眼神。

「他沒辦法不跟蹤我，」她說：「有時候他們就是這樣。你不知道包裹裡面是什麼嗎？」

「捕熊陷阱總會逮住愛管閒事的[9]，」他說：「妳就把東西交給他，他會知道這是什麼，妳可以告訴他，我很高興可以擺脫它。」他開始往樓下走，來到半途，又轉身別有用意地看了她一眼說：「我知道他爲什麼得用那毛巾敷在眼睛上了。」

「你就留著耳朵裡的蜜蠟吧，」她說：「沒人問你。」她一聽到他甩上前門的聲音，就把包裹翻來翻去開始檢查。從外表看不出來裡面是什麼：太硬了不會是衣服，太軟了又不是機器。她在包裹一頭的包裝紙上撕出一個洞，看到一排像是五個乾豌豆的東西，但走廊太暗，她沒法看清楚那到底是什麼。她決定把包裹拿到光線夠亮的浴室，而且在交給海茲之前先打開它。如果他眞像自己說的病得那麼重，他不會想費事處理任何包裹的。

那天一早他聲稱胸口痛得厲害。他是晚上開始咳嗽的——一種用力而空洞的咳嗽，聽起來就像是他臨時假裝出來的。她很確定他只是要讓她以爲他生病了，試著藉此把她趕走。

「他不是眞的生病了，」她沿著走廊前進時對自己說：「他只是還不習慣我。」她走進浴室，坐在一個巨大的綠色獸爪浴缸邊上，然後扯掉包裹上的繩子。

9 這是大人要小孩子不要多問的老派搪塞語。

「不過他會習慣我的。」她嘀咕道。她抽掉濕透的紙張，任它落在地板上；然後坐在那裡，一臉驚愕，瞪著腿上的東西。

在玻璃櫃外放了兩天後，並沒有改善新耶穌的狀態。它的一邊臉頰已被壓得凹陷，而在另一邊，它的眼皮撕裂了，有種蒼白的粉塵從那裡漏出來。有那麼一會兒，她的臉上一片茫然，好像不知道自己對它有什麼想法，或者什麼都沒想。她在那裡坐了可能有十分鐘，腦中一片空白，卻仍覺得這東西身上有種不知爲何的似曾相識之感。她不認識任何和它相像的人，不過它身上有某種東西，是她認識過的每個人身上都有的，好像是這些人共同揉合而成，然後被殺害、被縮小、被乾燥。

她舉起它，開始檢視，過了好一會兒，她的雙手開始熟悉它的皮膚觸感。它有些頭髮掉下來了，她把頭髮刷回本來該在的地方，把它抱在臂彎裡，然後俯視它揉皺的臉。它的嘴被稍微撞歪到一邊，因此形成一絲咧嘴的笑，掩蓋了原本可怕的表情。她開始稍微搖晃臂彎裡的它，同樣的咧嘴一笑也出現在她臉上。「喔，我要說，」她喃喃說道：「你還挺可愛的，不是嗎？」

它的頭正好能卡進她肩膀的凹窩。「你媽媽跟爸爸是誰呀？」她問道。

有個答案立刻出現在她心頭，她發出短促的小小尖叫，然後坐在那裡咧嘴笑了起來，她眼中有種愉悅的表情。「唔，咱們去嚇他一跳。」過了一會兒後她說。

以諾．艾摩瑞把前門甩上時，海茲就被驚醒了。他坐了起來，看到她不在房裡，便跳起來開始穿衣服。他心裡有個念頭，而他腦中的這個念頭，就像買車一樣，是毫無徵兆地從睡夢中得來的：他要立刻搬去別的城市，到一個從來沒人聽說過無基督教會的地方去傳教。他會在那裡弄到另一個房間跟另一個女人，而且心無罣礙地有個新的開始。這件事的整個可能，來自於擁有一輛車的優勢——有某樣移動迅速、又能保持隱私的東西，就能去你想去的任何地方。他望著窗外的艾賽克斯。艾賽克斯在傾盆大雨中方方正正地高踞著。他沒注意到雨，只注意到車；如果問他，他不可能說得出那時正在下雨。他整個人精力十足，然後離開窗口，著裝完畢。那天上午稍早，當他第一次醒來時，本來覺得自己好像要被肺部的癆病徹底困住了；它似乎在這一夜變得越來越空洞，而且在他身體下方張著大口，他一直聽著自己彷彿從一段距離外傳來的咳嗽聲。過了一會兒，他被吸進一種無力的睡眠之下，但醒來時就有了這麼個計畫，以及立刻執行的精力。他從桌子底下抓出行李袋，開始把多餘的家當塞進袋子裡。他沒有多少東西，而本來擁有的已有四分之一已經在裡面了。他的雙手一面打包，一面避免碰到過去幾年一直像石頭般坐在袋底的聖經，但當他終於找到一個空間放第二雙鞋時，他的手指抓到一個小小的長方形物體，他把那東西抽了出來。那是裡面放著母親眼鏡的盒子。他都忘記自己有副眼鏡了。他把眼鏡戴上，面對的那堵牆頓時移近了些，而且正在搖晃。有個白框小鏡子掛在門後，他走向那面鏡子，注視自己。他模糊的臉隨著興奮而變暗，臉上的線條深刻而歪曲。小小的銀邊眼鏡轉變了他原本銳利的面相，宛如他無遮蔽的眼睛會顯露某種不誠實的計畫，那副眼鏡卻能加以隱藏。他的手指開始緊張地打著響指，他忘記自己本來要做什麼了。他注視著鏡中的臉，在自己臉上看到母親的臉。他迅速往回走，抬起手要拿掉眼鏡，但門打開了，又有兩張臉飄到他的視線中；其中一張臉說：「現在叫我媽媽。」

那個比較小的黑臉，就在另一張臉底下，只是瞇著眼睛，好像它正試著認出打算殺了它的一位老友。

海茲一動不動站在原地，一手還放在眼鏡的鼻架上，另一隻手卡在胸前的半空中；他的頭往前伸，好像他必須用整張臉才能看清楚。他距離他們大約四呎，可是他們看起來好像就在他眼皮底下。

「問你爹他要跑到哪兒去——他都病成這樣了？」安息日說：「問他是不是要帶著你和我

跟他一起去？」

停在空中的手往前移動，去抓那張瞇著眼睛的臉，卻沒碰到它；那隻手動作緩慢地再往前伸，仍舊什麼都沒抓到，最後它往下猛抓住那縮小的身體，把它扔向牆壁。那顆頭爆了開來，裡面的垃圾噴灑出來，變成一小片塵雲。

「你把它弄壞了！」安息日喊道：「它是我的！」

海茲把那層皮從地上抓起。他打開房東太太說過曾經可以通往防火梯的外門，把手上的東西扔出去。雨水打在臉上，他往後一跳站住，臉上帶著謹慎的表情，好像他已做好準備面對隨時出現的攻擊。

「你不必把它丟出去，」她喊道：「我本來可以修好它的！」

他走向外門邊，探向門外，凝視周圍一片灰濛濛的模糊景象。雨水發出響亮的噴濺聲落在他的帽子上，就像落在鐵皮上似的。

「我第一次見到你時就知道你卑鄙又邪惡，」他背後一個憤怒的聲音說：「我看出你不願意讓任何人擁有任何東西。我看出你卑鄙到可以把一個寶寶摔到牆上。我看出你永遠不會快樂，也不讓別人享樂，因為你什麼都不要，只要耶穌！」

他轉身兇惡地揚起手臂，在門邊幾乎失去平衡。雨點噴濺在眼鏡前面和他發紅的臉上，還有身上其他地方，它們掛在他帽沿上閃閃發光。「我什麼都不要，只要眞理！」他喊道：「而妳看到的東西就是眞理，我已經看到了！」

「又是傳教士那一套。」她說：「你要跑到哪裡去？」

「我已經看到唯一存在的眞理了！」他吼道。

「你要跑到哪裡去？」

「去別的城市，」他用響亮粗啞的聲音說：「去傳布眞理。無基督教會！而且我有車可以開去那裡，我有……」但他被一聲咳嗽阻止。那不太像是聲咳嗽——它聽起來像是從峽谷底發出請求救援的小小呼喊——但血色跟表情都從他臉上流光了，直到那張臉就像他身後落下的雨，筆直而空洞。

「那你什麼時候要去？」她問道。

「等我多睡一會兒之後。」他說完便拿下眼鏡，扔出門外。

「你別想自己一個人走！」她說。

12

以諾不由自主，就是克制不了那份期待：新耶穌會爲他做些什麼來回報他的服務。以諾身上的這份盼望美德，是用兩分懷疑加一分慾望虛構出來的。他離開安息日．霍克斯後的那一整天，盼望就在他身上不斷運作。對於想要如何被獎賞，他只有個模糊的概念，不過他不是毫無野心的男孩：他想變成某一號人物。他想改善他的狀況，直到狀況變成最好爲止。他想做未來的年輕人楷模，就像保險公司廣告裡的那些人。他想要有一天看到一排人等著握他的手。

整個下午，他在房間裡坐立不安、無所事事，咬著指甲，撕碎房東太太那把雨傘上剩下的絲布。最後剩下一頭有銳利的鐵製尖端，另一頭有顆狗頭的黑色棍子。它或許可以拿來當作某種過時的特殊刑具。以諾在房裡走來走去，把那根棍子夾在腋下，覺得這樣會讓他在人行道上顯得與眾不同。

大約晚間七點，他穿上外套，拿起那根棍子，然後前往兩條街外的一家小餐廳。他有種要出發去贏得某種榮譽的意識，不過他非常緊張，好像深怕到頭來這榮譽還是得自己爭取，而非被動接受。

他絕對不會不先吃點東西就著手去做任何事。那家餐廳名叫巴黎餐館；座落在一個擦鞋鋪和一家乾洗店中間，外形像個約六呎寬的隧道。以諾溜進去，爬上櫃台一頭的高腳椅，說他想要一碗豌豆湯和一杯巧克力麥芽奶昔。

女侍是個高大的女人，戴著很大的黃色牙套，同樣顏色的頭髮梳起套在黑色髮網裡。她的一隻手從沒離開屁股上；她只用另一手出餐。雖然以諾每天晚上都來，但她仍然不喜歡他。

她沒先做他的點單，反而開始炸培根；這地方只有另一個其他顧客，而且他已吃完餐點，正在讀報；除了她之外沒有人要吃培根。以諾伸手越過櫃檯，用他的棍子戳戳她的屁股。「妳聽著，」他說：「我得走了。我很急。」

「那就走吧。」她的下巴開始用力吞嚥，專心一意地盯著那長柄煎鍋。

「那讓我吃一片那邊那塊蛋糕。」他說著，指向擺在一個圓形玻璃架上的半片粉紅跟黃色的蛋糕。「我有些事要做。我得動身了。就放那邊，他的旁邊。」他邊說邊指著讀報的那個顧客。他滑過高腳椅，開始讀起那男人正在讀的報紙反面。

男人把報紙放低，注視著他。以諾露出微笑。男人再度舉起報紙。「我可以借一部分你沒在讀的報紙嗎？」以諾問道。男人再度放下報紙，瞪著他看；那男人有雙混濁而堅定的眼睛。他慎重地翻過報紙，然後抖出有漫畫的那張交給以諾。那是以諾最喜歡的部分。他每天晚上都讀，就像上班一樣。在他吃著女侍像魚雷從櫃檯扔向他的蛋糕時，他讀著報紙，感覺心中洶湧澎湃，洋溢著仁慈、勇氣與力量。

讀完一面後，他把那張報紙翻過來，開始掃視填滿另一面的電影廣告。他一連掃過三排廣告；接著視線來到一個廣告「剛加，森林大王」的欄位上，上面列出牠的巡迴旅程中會到訪的戲院，以及抵達每家戲院的時間。三十分鐘後，牠會到五十七街的勝利戲院，這是他在這個城市的最後一次露面。

如果有人看著以諾讀這篇廣告的程，就會看到以諾的臉色有了某種轉變。那張臉上仍然閃耀著從漫畫中吸收的靈感，但還有別的東西在影響它：一種覺醒的表情。

女侍剛好轉過來看他是不是走了。「你是怎麼了？」她說：「你吞下一顆核果啦？」

「我知道我要什麼。」以諾喃喃說道。

「我也知道我要什麼，」她表情陰沉地說：以諾摸索著拿起他的棍子，然後把零錢擺在櫃檯上。「我得走了。」

「可別讓我拖住你了。」她說。

「妳可能不會再見到我了，」他說：「——見到現在這個樣子的我。」

「無論如何，見不到你對我來說沒什麼要緊的。」她說。

以諾離開了。這是個令人愉快的潮濕傍晚。人行道上水坑閃耀，商店櫥窗蒙著霧氣，因為裡面的破爛廢物而顯得明亮。他消失在一條後街上，迅速沿著城裡的黑通道趕路，只有一、兩次在某條巷尾暫停，重新趕路前左右張望一下。勝利是家小戲院，適合家庭需求，位於附近的一個社區；他經過一連串有路燈的區域，然後穿過更多小巷與後街，直到來到那家戲院周圍的商業區為止。然後他放慢速度。他看到戲院大約在一條街外，一片黝暗的背景中閃爍著。他沒有穿過馬路到戲院那邊，而是繼續待在較遠的那一側，前進時瞇著眼鎖定那個耀眼的地標。他走到戲院正對面時停下來，躲進一個將建築物一分為二的狹窄樓梯下的空間。

載著剛加的卡車停在對街，那位明星正站在遮陽篷下，跟一個老女人握手。她挪到一旁，然後一個穿著馬球衫、看似運動員的紳士走上前熱烈握手。跟在他後面的是個大約三歲的男生，戴著一頂高高的西部帽，幾乎蓋住了整張臉；他被被隊伍推著一路上前。以諾觀察了一段時間，臉上充滿羨慕的表情。那小男生後面是位穿短褲的女士，再後面是個老人，他爲了吸引更多注意力，便一路跳著舞前進而非自重身分地步行。以諾突然衝過街道，安靜無聲地滑進卡車打開的後門。

握手會繼續進行，直到正片準備開始放映爲止。接著大明星回到貨車上，人群排隊進入戲院。司機與典禮主持人爬進駕駛室，卡車便隆隆作響地出發。車子迅速穿過城市，一路飛快開上了高速公路。

從貨車車廂裡傳出某種重擊的噪音，那不是普通大猩猩的聲音，但那些聲音被引擎的嗡嗡聲和輪胎在路上滾動的穩定聲響淹沒了。這一夜光線暗淡而安靜，除了林鴞偶爾冒出的抱怨，以及遠處載貨火車被悶住的刺耳聲響，沒有任何東西發出驚擾。卡車加速前進，直到一個鐵路平交道口前慢下來爲止，當貨車嘎嘎作響越過軌道，一個人影從車門中溜出來，差點跌倒，接著便跛著腳匆匆走進樹林。

一進入松木林中的陰暗處，他就放下一直緊抓的尖頭棍子以及一直夾在腋下的某個龐大鬆垮物體，然後開始脫衣服。他脫下每件衣服後都整齊摺好，然後疊在脫掉的前一件衣服上。所有衣服都疊成一堆後，他拿起那根棍子，開始用它在地上挖洞。

松木林的陰暗被更蒼白的月光打破，那光點不時照耀在他頭上，顯示出這人就是以諾。他原本的外表，被一道從嘴角畫到鎖骨的傷口以及眼下的一個腫塊給毀了，那個腫塊讓他看起來遲鈍而不敏感。但這是絕佳的僞裝，因爲此時他正滿心燃燒著強烈的快樂。

他迅速挖掘，直到挖出一條約一呎長、一呎深的壕溝。然後把那疊衣服放進壕溝裡，接著站在旁邊休息一下。埋掉衣服，對他來說並不是埋葬舊有自我的象徵；他只知道自己再也不需要它們了。等他一喘過氣，他就把挖出的泥土推進洞裡，用腳把土壓實。但他發現自己這麼做時，仍然穿著舊鞋，於是在結束後，他把鞋子脫了，遠遠丟開。接著他撿起那鬆垮龐大的物體，猛力抖動。

在變動不定的光線中，他有條瘦白的腿就這麼消失，然後又是另一條腿消失，一隻手臂消失，然後是另一隻手臂：一個黝黑沉重、渾身粗毛的形體取代了原來的他。有一瞬間，它有兩個頭，一個色淺一個色深，但過了一會兒，它就拉著那個深色頭套蓋住另一個頭並調整好。接下來它忙著扣上某些暗釦，再把暗釦藏到外皮底下。

它非常安靜地站了好一會兒，什麼都沒做。接著它把頭往前傾，開始嚎叫並拍打胸膛，還跳上跳下，不斷揮舞雙臂。起初那吼聲微弱而不確定，但不用多久就變得嘹亮起來。吼聲時而低沉惡毒，時而高亢，接著再次發出低沉惡毒的聲音；如此交替直到吼聲完全停止。這形體伸長雙手，緊抓著虛空，然後用力甩動手臂；它收回手臂，再度延伸，緊抓著虛空，然後甩動。如此重複了四、五次。接著它拿起尖頭棍夾在腋下，以狂妄的角度，離開樹林走上高速公路。不管在非洲叢林、加州，或紐約市區最精緻的公寓裡，在這一刻，世上所有的猩猩中，沒有一隻能比這隻大猩猩更快樂，它的神終於給了回報。

一對男女緊挨著坐在一塊高速公路外側的石頭上，他們正的目光越過一片開闊谷地，望向遠處的城市景致，他們沒看到那一身粗毛的形體接近。煙囪與建築物的方形屋頂形成一道參差不齊的黑牆，後方襯著顏色稍淺的天空，不時有個尖塔從一片雲中切出一塊銳角。那年輕男子脖子一轉，正好及時看到又醜又黑的大猩猩就站在幾呎外，正伸出牠的雙臂。他的手從女人身上鬆開，然後靜悄悄地消失在樹林中。而當她的視線一轉過來，立刻發出尖叫並沿著高速公路逃走。大猩猩站在那裡，好像十分驚訝，不久後就將雙臂垂落身體兩側。牠在他們剛才坐過的石頭上坐下來，凝視著山谷上方參差不齊的城市天際線。

13

胡佛．修慈第二次晚上出門傳教，與他雇來的先知以及無基督的神聖基督教會合作時，淨賺了十五塊又三十五分錢。先知提供服務與用車，一晚上能賺三塊錢。他名叫索雷斯．雷菲爾德[10]；他有肺癆，還有個老婆跟六個小孩，能當個先知是他求之不得的工作。他從來沒想過這工作可能會有危險。第二天晚上出門時，他沒注意到一輛加高車身的鼠灰色汽車停在大約半條街外，車裡還有張蒼白的臉，看著他時帶著某種強烈情緒，那情緒暗示著某件事情即將發生，不管如何阻止都沒有用。

那張臉幾乎盯著他看了一小時，這段期間，每次胡佛．修慈舉起手用兩隻手指一比，他

10　Solace字面上的意思是安慰、慰藉。

就在他的車頭上表演。等到最後一場電影結束，再也沒有人能招徠時，胡佛便付錢給他，他們倆就搭著他的車離開。他們開了大約十條街，來到胡佛的住處後；車子停下，胡佛跳下車，同時喊道：「朋友，明天晚上見。」接著他就走進一個黑暗的門口，索雷斯．雷菲爾德繼續往前開。在他後方隔著半條街的距離，另外那台鼠灰色車穩穩跟著。車上的人是海索．莫茲。

兩輛車都加快速度，幾分鐘後他們迅速往城郊而去。第一輛車切入一條荒涼的馬路，路旁的樹上掛著苔蘚，此處唯一的光源，則是兩輛車上所發出僵硬如天線的車頭燈光。海茲逐漸縮短兩車之間的距離，接著突然油門一催，他衝上前撞向另一輛車的車尾。兩輛車都停了下來。

海茲讓艾賽克斯稍微沿著路邊後退一點，同時另一個先知下了他的車，站在原地，在海茲的車燈眩光下瞇起雙眼。他等了一下，來到艾賽克斯的車窗前往裡看。除了蟋蟀與樹蛙之外，此刻沒有其他聲音。「你要什麼？」他聲音緊繃地說。海茲沒有回答，只是盯著對方看，下一刻，那男人下巴一鬆，似乎這才意識到兩人衣著上的相似，可能連容貌也是如此。「你要什麼？」他用更高亢的聲音說：「我又沒對你做什麼。」

海茲再次猛催艾賽克斯的油門往前猛衝。而這次他衝撞的角度，把另一輛車擠到路邊，翻進了水溝。

那男人也被撞倒在地，他爬起來，跑回艾賽克斯的車窗邊。他站在約四呎外往裡看。

「你把車這樣停在路中間幹嘛？」海茲說。

「我的車沒什麼不對，」男人說：「你幹嘛把它撞到水溝裡去？」

「脫掉那頂帽子。」海茲說。

「聽我說，」那男人說著，開始咳了起來：「你要什麼？別光看著我。說你要什麼啊。」

「你不是眞的，」海茲說：「你爲什麼爬到車頭上說你不相信其實自己相信的事？」

「這跟你有什麼關係？」男人喘著氣說：「我做什麼跟你有什麼關係？」

「你這樣做是爲什麼？」海茲說：「這是我要問你的問題。」

「男人總得替自個兒著想啊。」另一個先知說。

「你不是眞的，」海茲說：「你相信耶穌。」

「這跟你有什麼關係？」男人說：「你幹嘛把我的車撞出路邊？」

「脫掉那頂帽子跟那件西裝。」海茲說。

「聽我說，」男人說：「我不是要模仿你。西裝是他買給我的。我把自己的扔了。」

海茲伸手把男人的白帽子撥掉，又說：「再脫掉那件西裝。」

男人開始悄悄退開，往外走到馬路中間。

「脫掉那件西裝！」海茲大吼，開動車子往前追他。索雷斯開始大步沿著馬路跑起來，邊跑邊脫外套。「全部脫掉！」海茲把臉貼著擋風玻璃吼道。

先知開始拔腿狂奔。他扯掉襯衫，解開皮帶，接著邊跑邊抖掉長褲。他開始抓向腳邊，看來是連鞋子也要脫掉，不過在他能摸到鞋子之前，艾賽克斯就把他撞得攤平在地，再從他身上輾過。海茲往前開了約二十呎後把車停下，接著開始倒車。他倒車輾過那具身體，然後停車走出來。艾賽克斯的半邊車身還壓另一個先知身上，彷彿它很樂意守著這好不容易撂倒的對象。那男人臉朝下趴在地上，沒戴帽子也沒穿西裝，這時看起來就不那麼像海茲了。他身上湧出大量鮮血，在頭部周圍形成一窪血池。他整個人沒有動靜，除了一隻手指還在臉孔前方上下移動，好像在爲自己數算剩下的時間。海茲用腳趾戳戳他的腰際，他一個喘氣，接著就安靜了。「有兩件事我不能忍受，」海茲說：「——不眞誠的男人，還有嘲弄眞貨的人。如果你不想得到這個下場，你就不該把我惹毛。」

男人想要說些什麼，但他只能喘息。海茲在他臉旁蹲下聆聽。「給我媽一大堆麻煩……」他的喉嚨似乎卡著氣泡。「……讓她老是操煩……偷了那輛車……從來沒對我爹講實話……或者給亨利……從沒給他……」

「你閉嘴！」海茲說著，卻把頭靠得更近去聽這番懺悔。

「告訴我他現在在哪裡，帶五塊錢給他，」男人上氣不接下氣。

「你現在閉嘴！」海茲說。

「耶穌啊……」男人說道。

「現在就閉嘴，照我跟你說的做！」海茲說。

「耶穌『棒』我，」男人喘息說著。

海茲用力在他背上一拍，他安靜了。他彎下腰聽那男人是不是還有別的話要說，但他再也沒有呼吸了。海茲轉身前去檢查艾賽克斯的車頭的損傷狀況。保險桿上噴到一些血滴，不過就這樣了。調頭開回城裡之前，他拿了條破布把那些血給擦掉。

第二天一早，他爬出車後座，開到一個加油站爲艾賽克斯加滿油，順便爲他接下來旅程檢查車子。他沒有回他的房間，而是停在一條巷子裡過了一夜，整夜沒有闔眼，而是思考著即將展開的人生，去一個新的城市爲無基督教會傳道。

在加油站，一個看起來睡眼惺忪的白人男孩出來爲他服務，他說要加滿油箱，檢查機油跟水箱，還有測試胎壓，接下來他要進行長途旅行。男孩問他要去哪裡，他對男孩說是去另一個城市。男孩問他，是要開這邊這輛車跑那麼遠嗎，他說對，沒錯。他戳戳男孩的襯衫前襟，說道：一個擁有好車的人不需要擔心任何事。他再問男孩懂不懂這點。男孩說，對，他懂，他也這樣想。海茲作了自我介紹，說自己是無基督教會的傳教士，他每晚都在這輛車的車頭上傳教。他解釋說，而現在他要到另一個城市去傳教了。男孩加滿油箱，檢查了水箱和機油，也測試了胎壓，他在工作時，海茲跟著他轉，告訴他什麼才是正確的信仰。他說：相信任何你看不到、或者不能握在手中、或者不能用牙齒試試的東西，都是不對的。他說，才不過幾天前，他還相信褻瀆是種救贖之道，不過你甚至不能相信那個，因爲這樣你就是在相信某樣可以褻瀆的東西。至於據稱出生在伯利恆，而且在各各他爲了人的罪惡被釘上十字架的耶穌，海茲說：對一個健全的人來說，祂這個概念太骯髒，不能放在腦袋裡，他提起男孩的水桶，砰一聲用力放在水泥路面上以強調他說的話。他開始用一種平靜而熱切的方式詛咒與褻瀆耶穌，但他的信念如此堅定，那男孩甚至停下手邊的工作聆聽。在他完成檢查艾賽克斯的工作後，他說油箱有個漏洞，水箱有兩個，但他如果慢慢開，後輪胎可能還能撐上二十哩路。

「聽著，」海茲說：「這台車的壽命才剛開始。就算閃電都不可能阻止它！」

「加水進去一點用都沒有，」男孩說：「因爲水箱留不住水。」

「你還是加水進去。」海茲說完站在原地，看著男孩把水加進去。接著他從男孩那裡拿到一份公路地圖，就把車子開走，在路上留下珠鏈似的水、機油跟汽油。

他飛快駛上高速公路，但走上幾哩路後，他就有種抓不住地面的感覺。棚屋、加油站、公路營地跟六六六廣告牌掠過身邊，接下來是上面貼著ＣＣＣ鼻菸廣告的廢棄穀倉，甚至有個路標寫著「耶穌爲**你**而死」，他雖看到卻刻意不去讀。他有種路面正在他下方滑向後面的感覺。他一直很清楚自己不會再待在鄉村，但不知道自己不會再到另一個城市。

他在公路上還跑不五哩，就聽到身後有警笛聲。他回過頭，看到一輛黑色巡邏車趕上來。那輛車開到他旁邊，車內的巡警招手要他停在路邊。巡警有張紅通通的快活面孔，還有顏色彷彿乾淨新鮮冰塊的眼睛。

「我沒超速。」海茲說。

「不，」那巡警同意：「你沒有。」

「我走在正確的線道上。」

「對，你是，沒錯。」警察說道。

「那你要我停下幹嘛？」

「我只是不喜歡你的臉，」巡警說：「你的駕照在哪？」

「我也不喜歡你的臉，」海茲說：「而且我沒有駕照。」

「喔，」這巡警用和藹的語調說：「我認為**你**不需要駕照了。」

「喔，就算需要我也不會去辦的。」海茲說。

「聽著，」巡警換種語調說：「你介意把車子開到下一個山頭嗎？我要你去那裡看看，那裡有你見過最漂亮的風景。」

海茲聳聳肩，重新發動了車子。他不介意跟巡警吵架——如果他要的就是這個的話。他開上那座山頭，巡邏車緊跟在後。「現在把車轉過去面向那道路堤，」巡警喊道：「那樣你就能夠看得更清楚了。」海茲把車轉向路堤。「現在你最好下車來，」警察說：「如果你出來的話，可以看得更清楚。」

海茲下了車，放眼望去。路堤從這裡往下大約有三十呎深，是飽經沖刷的陡峭紅黏土坡，底下是一塊部分燒焦的牧草地，那裡有隻野生母牛趴在一個水窪附近。一段距離之外，有個單間的棚屋，一隻紅頭美洲鷲縮著肩膀站在屋頂上。

巡警來到在艾賽克斯後方，把它推過路堤，母牛踉蹌起身，飛奔越過田野進了樹林；美洲鷲拍著翅膀飛向空地邊緣的一棵樹上。車子頂部著地，車身上殘存的三個輪子還在轉動。引擎彈了出來，滾到一段距離之外，各種大小零件散落各處。

「沒有車的人就不需要駕照。」巡警說著，用褲子擦掉手上的灰塵。

海茲在那裡站了幾分鐘，俯視這個景象。他的臉似乎反映出整片空地，包括整個後方，從他的雙眼開始，延伸到單調的灰色天空，越來越深，直到進入太空深處的整段距離。接著他雙膝蓋一軟，就在路堤邊緣坐下，兩腳懸在半空。

巡警站在那裡看著他。「我可以載你一程，到你要去的地方嗎？」他問道。等了一會兒，他再靠近點說：「你要去哪裡？」

他再彎下腰，雙手放在膝上，語氣焦慮地說：「你要去任何地方嗎？」

「沒有。」海茲說。

巡警蹲下來，把手放在海茲肩上。「你本來沒有計劃要去哪裡嗎？」他焦灼地問道。

海茲搖搖頭，臉上的神情沒有改變，他也沒把臉轉向巡警。那張臉似乎正專注在太空中。

巡警站起來，走回到他的車子，站在車門前，盯著海茲的帽子與後肩。然後他說：「嗯，後會有期。」接著便坐進車裡開走。

過了一會兒，海茲站起來，走回城裡。他花了三小時才再次進城。他在一家雜貨店停了一下，買了個錫桶和一包生石灰，然後拿著這些東西，繼續往他的住處去。他走回那棟屋子時，先在外面的人行道上停下，打開那包石灰，倒進桶裡裝到半滿。然後走向前門臺階旁的水龍頭，把桶子剩下的空間裝滿了水，接著就走上臺階。他的房東太太坐在前廊搖椅上，抱著一隻貓。「你拿這東西要做什麼，莫茲先生？」她問道。

「弄瞎我自己。」他說完便走進屋裡。

房東太太在那裡又多坐了一會兒。對每一個字，她都只依字面意義理解，並不是個能在字裡行間感受出不同意義的人；因此所有文字的分量在她來說都一樣。不過話說回來，如果換作是她感到如此絕望，那麼與其弄瞎自己倒不如自殺，她也很納悶爲什麼有些人不那麼做。她會把腦袋塞進烤箱，或者也許給自己吃過量的無痛安眠藥，事情就會這樣辦。或許莫茲先生只是情緒惡劣而已，因為一個人會有什麼可能的理由要毀掉自己的視力呢？一個像她這樣的女人，視力這麼清楚，永遠不可能受得了當瞎子。如果她非得瞎眼，她寧願死掉。她突間想到，等她死時，她也就會瞎了。她專注地瞪著前方，第一次面對這個問題。她回想起這句話：「永恆的死」，是傳教士會用的話，不過她立刻把這句話從心裡清出去，臉上的表情也不比貓來得複雜。她並不虔誠或病態陰鬱，為此她每天都感謝自己的命運星辰。不過她總能認出在任何事情上有這種傾向的人，而莫茲先生就有這種傾向，要不然他就不會是個傳教士了。他可能會把石灰抹進眼裡，而她一點都不懷疑，因為說實話，他們腦袋全都有點不對勁。一個精神健全的人能有什麼可能的理由，想要自己再也不能享受呢？

她肯定說不上來。

14

但她把這件事記在心上，因為在他這麼做之後，仍繼續住在她的屋子裡，而每天一見到他都讓她想到這問題。她起初告訴他，他不能留下，因為他不願戴墨鏡，她又不喜歡看到他在自己眼窩上搞出的一團糟。至少她不認為自己能夠忍受。他在她附近時，如果她不一直把心思放到其他事情上，就會發現自己靠過去盯著他的臉，好像期待看到以前沒見過的什麼東西似的。這狀況惹惱了她，讓她覺得他在用某種隱密的方式欺瞞她。每天下午他總會在她的前廊坐上很長一段時間，但跟他坐在外面就跟她自己一個人坐時沒兩樣；除非他想講話，否則不會開口。你早上問他個問題，他可能下午才回答，或者可能永遠不答。他提議要多付點錢，好讓他保留這房間，因為他對這裡已經熟門熟路，而她決定讓他留下，至少直到她發現自己是怎樣被騙為止。

他每個月都有政府津貼，這是爲了戰爭時某件事對他內臟造成的影響，所以他不必工作。房東太太一直對他的付款能力印象深刻。當她發現一條財富的小溪，她就會追蹤到源頭，而要不了多久，那條溪流就跟她自己的沒有分別了。她感覺自己爲了繳稅付出的錢，最後又回歸到世上所有不配得到的口袋裡，政府不只把它送給外國黑人跟阿「辣」伯人，在國內還浪費在瞎眼傻瓜、還有每個能在卡片上寫下自己名字的白痴身上。她覺得很有理由拿回她能拿的任何一點錢。她覺得很有理由去拿她能拿的任何東西，不管是錢或隨便什麼別的，甚至彷彿整個地球都是她的，只是後來又失去了。她沒辦法一直看著某樣東西卻不想要，而最刺激她的是這個念頭：某種值錢的東西，某種她看不到的東西，可能就藏在附近。

對她來說，這瞎子的表情總像在看著什麼。他的臉有種奇特的急切神情，彷彿那張臉在追逐某樣它遠遠就能看出的東西。就算坐在椅子上不動，他的臉還是有那種使勁被拉向某種東西而去的表情。可是她知道他完全瞎了。他一拿掉有一陣子用來當繃帶的破布後，就滿足了她在這方面的好奇心。她仔細地、久久地看了一眼，而這就足夠讓她知道，他已經做了自己說過要做的事。其他的房客在他拿掉那塊布之後，會在走廊上躡手躡腳地慢慢與他擦身而過，而且能看多久就看多久，但他們現在不再注意他了；某些新房客不知道那是他自己搞出來的。事情一發生，那個霍克斯家小姑娘就把話傳遍整個屋子。她盯著他做完這件事，然後跑去每個房間，大聲嚷嚷他做了什麼事，接著所有房客就都跑了過來。房東太太覺得，如果這世上眞的有過鳥身女妖，那女孩就是了。她纏了他幾天後，就自己跑路了；她說她不會倚靠對耶穌不誠實的瞎子，而且她想念她爸爸；但他遺棄了她，搭著香蕉船逃了。房東太太希望現在他人在鹹鹹的海底；他還欠了一個月房租。兩星期後，當然了，她回來了，準備好再次開始騷擾他。她就像隻黃蜂，隔著一條街，你就能聽見她對著他又吼又尖叫，但他從不開口。

房東太太管理的是棟井井有條的屋子，她也跟他這麼說了。她告訴他，那女孩跟他住的時候，他就得付兩倍錢；她說有些事她不介意，而有些事情她確實介意。她這麼說是什麼意思，她讓他自己琢磨，不過她交抱雙臂等著，直到他得出結論爲止。他什麼話都沒說，只是又數了三塊錢交給她。「那女孩啊，莫茲先生，」她說：「只是爲了你的錢。」

「如果那就是她要的，她可以拿，」他說：「我會付錢要她離開。」

想到她的稅金是拿來養這種垃圾，房東太太就無法容忍。「別這麼做，」她很快地說：「她沒這個權利。」第二天她就打電話給社福部門的人，做好安排把那女孩送去青少年拘留所；這個她倒挺有資格。

她很好奇，想知道他每個月能從政府那兒拿到多少錢，而既然那雙眼睛被移走了，她便覺得自己有的是發現眞相的自由。等到下回她一發現郵箱裡有政府寄來的信封，就用蒸氣把信封薰開；幾天後，她就提出要調高租金。既然他是在她這裡包伙，隨著食物漲價，她自然就不得不增加他的伙食費；但她還是甩不掉那種自己被騙的感覺。爲什麼他毀掉自己的雙眼，卻留著性命，除非他有某種計畫，除非他看出了某種東西，若非瞎到什麼都看不見，他就不可能得到？她打算盡她所能找出關於他的一切。

「莫茲先生，你家是哪裡人啊？」有天下午他們坐在前廊上時，她這麼問道：「我想他們都不在了？」

她覺得，她愛怎麼想就怎麼想；反正回答這件事也沒打亂他什麼都沒做的狀態。「我的親人在世的也不剩一個了，」她說：「所有佛洛德先生的親人都還活著，只有他例外。」她是佛洛德太太。「他們想要找人救濟的時候都會來這裡，」她說：「佛洛德先生有點錢。他死於飛機失事。」

過了一會兒他說：「我的親人都死了。」

「佛洛德先生，」她說：「死於墜機。」

她開始享受與他同在前廊上的時光，但她永遠無法分辨他知不知道她在那裡。就算他回答時，她也分不出他知不知道那是她。她本人。佛洛德太太，房東太太。不只是隨便什麼人。他們會坐著，他只是坐著，而她則是坐著搖椅前後搖晃，坐掉半個下午，他們之間的交流很少超過兩個字，雖然她可能會講上很久。當她不說話，放任心思遊走時，就會發現自己坐在椅子上，身子前傾，張口結舌地看著他。從人行道經過看到的路人，一定會以為她被一具屍體求愛才嚇成這樣。

她小心翼翼觀察他的習慣。他吃得不多，或者說似乎不太介意她給他的任何東西。如果她是瞎子，就會整天坐在收音機旁，吃著蛋糕和冰淇淋，同時泡著腳。任何東西他都吃，而且不會知道箇中差別。他繼續變瘦，他的咳嗽變厲害了，他的腳也漸漸跛了。天氣變冷的頭幾個月，他感染了病毒，儘管如此，他還是每天出去走動。他每天大概都要外出走動半天。他起得很早，然後先在房間裡走動——她能聽到他在下面的房間裡，走來走去，走來走去——接著在早餐前他會出去走路，早餐後再次出門走到中午。他認識屋子周圍大概四五個街廓，他也不會走出這個範圍。就她看來，他本來可以只走一條街。他本來可以留在房間裡，在同一個地方來回移動他的雙腳。他本來可以死掉，然後得到他生活中除了運動之外的一切。她心想，他滿可以當個僧侶，他眞該待在修道院裡。她對此無法理解。她不喜歡有人拿某件事瞞著她的念頭。她喜歡清澈的陽光。她喜歡看見東西。

對於他腦袋裡有什麼、沒有什麼，她搞不懂。她把自己的頭想成一個由她控制的開關盒；不過換作是他，她只能從外面想像裡面，想像他腦袋裡的整個黑色世界，而且他的腦袋比整個世界還大，大到可以包括天空、行星，還有任何現在存在、過去存在或將會存在的東西。他怎會知道時間是往後或往前，或者他是跟著時間一起走？她想像，這就像走在一條隧道裡，你能看到的就只有針尖大小的光。她必須想像那針尖大小的光；少了這個她就完全無法想像。她把它看作某種星星，就像聖誕卡上的星星。她想像他回到了伯利恆，忍不住笑了出來。

她認爲，如果他手上能有些事可做，那會是件好事，某件可以讓他走出自己之外，再度與眞實世界連結的事。她確信他與眞實世界失去了聯繫；她有時甚至不確定他知不知道她存在。她建議他去弄把吉他，學著彈奏；她腦中有個他們晚上坐在前廊，而他撥著吉他的畫面。她曾買過兩盆橡膠植物，讓他們在前廊上面對街道的坐處有更多隱私，而她想像他在橡膠植物後面撥奏吉他的聲音，將會把他臉上的死人表情帶走。她對他建議過，但他從來沒有回應。

他每個月爲自己的食宿付帳之後，他的政府支票還剩下足足三分之一，但她看得出來，他從來不花一毛錢。他不抽菸草，不喝威士忌；所有的錢毫無用處，最後只能失去，因爲他只有自己一個人。她想過，如果他身後留下個寡婦，這女人能拿到多少好處。她見過當錢從他口袋掉出來時，他卻懶得伸手去摸。有天她清理他的房間時，發現垃圾桶裡有四塊錢鈔票跟一些零錢。這時他正好散步回來。「莫茲先生，」她說：「這垃圾桶裡有張一元鈔票和些零錢。你明知你的垃圾桶在哪裡。你怎麼會犯下這種錯？」

「那是多餘的，」他說：「我不需要。」

她跌坐在他的直背椅上。「你每個月都把錢丟掉？」過了一會兒她才問道。

「如果錢還有剩的話。」他說。

「還有窮人和有需要的人，」她嘟噥道：「窮人和有需要的人，你從來沒想過窮人跟有需要的人嗎？如果你不想要那筆錢，別人可能會想要。」

「妳可以拿去。」他說。

「莫茲先生，」她冷酷地說：「我還不需要施捨呢！」這下她明白了他是個瘋子，該要有個明智的人來照看他。房東太太已過中年，她的假牙太大，但她的腿長似賽馬，還有個房客都說是希臘式的鼻子。她把一叢叢頭髮梳得像葡萄，垂落在前額、兩耳和後腦杓上，但這些優勢沒一個能讓她用來吸引他的注意。她看出唯一的辦法，就是對他感興趣的事也感興趣。「莫茲先生，」有天下午他們坐在前廊上，她說：「你為什麼不再布道了？失明算不上障礙。大家會來看個瞎眼傳教士的。那才與眾不同呢。」她已經習慣不會得到回答，便繼續往下講。「你可以給自己弄隻導盲犬，」她說：「靠著牠跟你可以聚集到很多人。人人都喜歡看狗的。」

「就我自己來說，」她繼續說：「我沒那種傾向。我相信一件事今天過了明天就沒了，所以要及時行樂，也要讓其他人也能這麼做。莫茲先生，」她說：「我不相信耶穌，但我就跟許多信耶穌的人一樣好。」

「妳比他們更好，」他說著，身體突然往前靠。「如果妳信耶穌，妳就不會這麼好了。」

他以前從來沒這樣稱讚過她！「哎呀莫茲先生，」她說：「我很期待你會是個好傳教士。你肯定應該重新開始。這樣就能給自己找點事情做。實情就是，你除了走路以外也沒別的事好做。你爲什麼不再開始傳教呢？」

「我沒法再傳教了。」他嘀咕著。

「爲什麼？」

「我沒有時間。」他說完便起身走出前廊，彷彿是她提醒了他有件緊急的正事要做。他走路的樣子像是忍著痛，卻不得不走。

一段時間後，她發現他爲什麼跛腳了。她清理他的房間，碰巧撞翻了他多出的另一雙鞋。她把鞋子撿起來，看著鞋子裡面，彷彿以爲裡面藏著什麼東西。鞋底鋪著石礫、碎玻璃跟小石塊。她把這些東西倒出來，在指間篩揀，想找找有沒有會發亮的值錢東西，但她手中這些東西就只是任何人都能在巷子裡撿到的垃圾。她在那裡站了一會兒，拿著那雙鞋，最後她把鞋子放回帆布床底下。幾天後她再次檢查那雙鞋，裡面又擺上新的石頭。她自問，他是爲誰做這種事？他這麼做，能從中得到什麼？她不時隱約覺得，有某樣東西就藏在附近，她卻鞭長莫及。「莫茲先生，」那天他在她廚房裡吃他的晚餐時，她說：「你踩著石頭走路是爲什麼？」

「爲了償還。」他用刺耳的聲音說。

「償還什麼？」

「償還什麼都沒有差別，」他說：「我在償還。」

「但是你用這種方式償還，是想證明什麼？」她堅持追問。

「別管閒事，」他粗魯地說：「妳看不到的。」

房東太太繼續慢慢咀嚼。「莫茲先生，你可認爲，」她粗聲說：「當你死後，你的雙眼還是瞎的嗎？」

「我希望如此。」好一會兒後他這麼說。

「爲什麼？」她盯著他問道。

又過一會兒他說：「如果妳的眼睛沒有底，它們就能裝更多東西。」

房東太太瞪眼看了很久，但什麼都沒看到。

她開始不顧其他事情，只把所有注意力都放在他身上。她開始跟蹤他散步，出乎意料地跟他相遇，然後陪著他走。他似乎不知道她在那裡，除了偶爾他會拍打自己的臉，彷彿暗示她的聲音如蚊鳴打擾了他。他有種氣喘式的低沉咳嗽，她就開始在健康問題糾纏他。

她會說：「除了我，沒有人會照顧你了，莫茲先生。除了我，沒有人會把你的利益放在心上。如果我不管，就沒有人在乎了。」她開始爲他做美味的餐點，而且把送進他房間。他會吃她帶來的食物，立刻就吃，一臉扭曲不滿，然後不謝一聲就把盤子歸還，好像他的注意力全在其他地方，吃飯只是個他不得不忍受的打擾行爲。有天早上他突然告訴她，他要去別的地方吃他的飯，而且告訴她在哪裡，是街角一家外國人經營的餐館。「哪天你會後悔的！」她說：「你會得病的。凡是神智正常的人都不會去那裡吃飯。那個陰暗骯髒的地方。髒到都結硬殼了！是你看不到，莫茲先生。」

「瘋狂的笨蛋，」等他走出去後她低聲嘟噥：「等冬天來吧。等冬天來了，第一道寒風把病毒吹到你身體裡的時候，你去哪兒吃？」

她不必久等。冬天還沒來他就得了流感，有一陣子他虛弱到無法出門，她便能心滿意足地把三餐送去他房間。有天早上她比平常早來，發現他在睡覺，呼吸聲很沉重。他穿著睡覺的舊襯衫前襟一路往下敞開，露出三股鐵絲，纏著他的胸膛。她往後退到門口，餐盤掉了下來。「莫茲先生，」她嗓音濃濁地說：「你爲什麼這麼做？這太不正常了。」

他撐著身子坐起來。

「這繞在你身上的鐵絲是幹什麼的？這樣太不自然，」她重複道。下一刻他開始扣起襯衫，說道：「這很自然。」

「喔，這不正常。這就像那些殘酷故事，這是已經沒人會做的事——像是用沸油煮人、或者當聖徒、或者把貓封進牆裡，」她說：「這根本沒道理。已經沒人做這種事了。」

「只要我還在做，就還有人這麼做。」他說。

「已經沒人做這種事了，」她重複：「你這樣做幹嘛呢？」

「我不乾淨。」他說。

她站在原地凝視著他，忘了腳邊的破餐盤。「我知道了，」好一會兒後她說：「你那件睡衣跟床上都有血。你該替自己找個洗衣婦……」

「我說的不是那種乾淨。」他說。

「莫茲先生，那是唯一一種乾淨。」她咕噥道。她低頭看，觀察到他害她打破的那些盤子，還有她得收拾的混亂，於是離開去了走廊的掃帚間，很快帶著掃帚和畚箕回來。「你一定相信耶穌，不然就不會做這些蠢事。你跟我說的你那個好教會的名字一定是撒謊。你不是教皇的代理人，不然就是跟某種怪異的東西有某種關連，我不會意外的。」

「我不跟妳爭了。」他說著，一邊咳嗽一邊往後躺回去。

「除了我，你沒別人可以照顧你了。」她提醒他。

她的第一個計畫是嫁給他，然後把他送進州立瘋人院，但逐漸地她的計畫變成嫁給他然後留住他。看著他的臉變成她的一種習慣；她想要貫串那張臉後面的黑暗，親自看看那裡有什麼。她有種感覺：她耽擱得太久了，她得趁他身體虛弱時，現在就得到他，要不然就完全沒指望了。流感讓他如此虛弱，他連走路都搖搖欲墜；冬天已經開始，風從各個角度劈砍這屋子，製造出猶如尖刀在空中旋轉的聲音。

「沒有一個心智正常的人會在這種日子出門，」那年最冷的某天早上過半時，她突然探頭到他房間說道。「你聽到那風聲嗎，莫茲先生？你很幸運，有這個溫暖的地方可待，還有人照顧你。」她讓自己聲音比平常更輕柔。「不是每個瞎眼生病的男人都這麼幸運，」她說：「還有個人能照顧他。」她走進來，在門邊一張直背椅上坐下。她坐在椅子邊緣，雙腿分開，身體前傾，她的雙手緊抓著膝蓋。「讓我告訴你，莫茲先生，」她說：「很少有男人像你這麼幸運，但我沒辦法這樣一直爬上爬下。這把我累壞了。我一直在想，我們能怎麼做。」

他本來動都不動躺在床上，這時突然坐起身，好像他有在聽，是她的某種語調讓他警覺起來。「我知道你不想放棄這裡的房間，」她說，然後等著這句話產生效果。他把臉轉向她；這下她看出自己引起他的注意了。「我知道你喜歡這裡，不想離開，而且你是個病人，需要別人照顧，而且又瞎了，」她說著發現自己喘不過氣來，而且心臟開始亂跳。他把手伸向床腳，摸著放在那裡的衣物。他開始匆促地把衣服套在睡衣外面。「我一直在想我們可以怎麼安排，好讓你有個家，還有人能照顧你，而我又不必爬這些樓梯，你今天穿衣服幹嘛呢，莫茲先生？你不會想在這種天氣出門的。

「我一直在想，」她繼續往下說，同時看著他繼續在做的事：「而我看出，你跟我只有一件事可做。就是結婚。換作其他尋常狀況下我不會這樣做，但我會爲了一個瞎眼生病的男人這麼做。莫茲先生，如果我們不幫助彼此，就沒有人會幫助我們了。」她說道：「沒有人的。這世界是個空虛的地方。」

剛買下時藍得扎眼的西裝外套，現在色調變得柔和多了。巴拿馬帽也成了小麥色。他不戴帽子時，就把帽子放在地上的鞋子旁邊。他伸手去拿帽子戴上，然後開始穿上仍然擺著石頭的鞋。

「每個人都該有個自己的地方可待，」她說：「而我願意在這裡給你一個跟我一起的家，一個你永遠可以待著的地方，莫茲先生，而且你永遠不用擔心自己。」

他的手杖在地板上，在他的鞋子附近。他摸到手杖，然後站起來，開始慢慢走向她。

「我心裡有個位置是給你的，莫茲先生，」她說道，然後感覺心臟像個鳥籠顫抖不止；她不知他會不會過來擁抱她。但他走過她身邊，面無表情，出了門進入走廊。「莫茲先生！」她說著在椅子上驟然轉身：「在其他狀況下，我不會讓你留在這裡。我不能再爬這些樓梯了。我什麼都不要，」她說：「只想幫助你。除了我，你沒有別人可以照顧你。不管你是死是活，沒人能照顧你，只有我！你沒別的地方可待，只有我這個地方！」

他用手杖觸碰第一級台階。

「還是你在計畫給自己另找住處？」她用逐漸拉高的聲音問道：「還是你在計劃要去別的城市！」

「那不是我要去的地方，」他說：「沒有別的房子或別的城市。」

「什麼都沒有，莫茲先生，」她說：「而且時間在往前走，它不會往回走，除非你接受別人提供的東西，否則你會發現自己身在一片冰冷漆黑中，你想你能走多遠？」

他把腳往下踩之前，會先用手杖探過每一級台階。當他走到樓梯底，她朝下對他大喊：「莫茲先生，你不用回到這個你不珍惜的地方。門不會爲你而開。你可以回來，拿你的東西，然後去你以爲自己要去的任何地方。」她在樓梯頂站了很久很久。「他會回來的，」她低聲咕噥。「讓他出去吹吹風吧。」

那天晚上下起一陣強勁冰冷的雨，房東佛洛德太太半夜躺在床上，仍舊醒著，開始啜泣。她想奔進雨水跟寒冷中追逐他，發現他瑟縮在某個只能勉強遮蔽的地方，再把他帶回來，然後說：莫茲先生，莫茲先生，你可以永遠待在這裡，或者我們倆一起去你想去的地方，我們會一起去的。她有過艱苦的人生，算不上苦痛但也沒有樂趣，而她想，現在她來到最後一段了，她值得擁有一個朋友。如果她死後會眼盲，那麼誰能比一個盲人更適合引導她呢？誰能比盲人更適合帶領盲人，知道那是什麼感覺的盲人？

一等到天亮，她就在雨中出門，搜尋他認識的五、六個街廓，挨家挨戶打聽他的行蹤，不過沒有人見過他。她去報警，描述了他的樣子，要求逮捕他，然後帶回她這裡付清他的房租。她整天等著他們用巡邏車帶他回來，或者等他照自己的意思回來，但他沒來。風雨仍在持續，而她心想，現在他可能已經倒斃在某條小巷裡了。她在房間裡來回踱步，走得越來越快，想著他那雙無底的眼睛，還有那種死亡的盲目。

兩天後，兩個開警車巡邏的年輕警察找到他躺在一個廢棄建築工地附近的排水溝裡。警車開到溝渠邊緣，往裡頭看了一會兒。駕駛問道：「我們不是在找個瞎子嗎？」

另一個查了本簿子。「瞎眼，穿藍色西裝外套，房租未付。」他說。

「他在那裡。」第一個人指向水溝。另一個人移近一些，也從窗口往外望。

「他的西裝不是藍的。」他說。

「是啦，是藍的，」第一個人說：「別靠這麼近。下車，我會讓你看到那是藍的。」他們下了車，繞過車頭，蹲在溝渠邊緣。他們兩人都穿著新的高筒靴跟新制服；兩人都是一頭連鬢黃髮，這兩人都很胖，但其中一個比另一個胖得多。

「這衣服可能以前是藍的吧，」更胖的那個承認。「你猜他死了嗎？」第一個問道。

「問他啊。」另一個說。

「不，他沒死。他在動。」

「也許他只是失去意識，」較胖的那個說著，拿出他的新警棍。他們盯著她看了幾秒。他的手沿著溝渠邊緣移動，好像想抓住某個正在追逐的東西。他用粗啞的耳語問他們他在哪裡，現在是白天還是晚上。

「是白天，」較瘦的那個說著，一面看著天空。「我們得帶你回去付你的房租。」

「我想去我要去的地方。」盲人說道。

「你得先付房租，」警察說：「每一分錢都得付！」

另一個一發現他還有意識，就用新警棍打這瞎子的頭。「別跟他胡攪蠻纏了，」他說：「你抬他的腳。」

他死在巡邏車上，不過他們沒注意到，還把他帶到房東太太家。她要他們把他放在她床上，當她把他們推出門去，她在他們身後把門鎖上，拉來一把直背椅，靠著他的臉旁坐下，她有話要對他說。「嗯，莫茲先生，」她說：「你總算回家了！」

他的面孔嚴峻而平靜。「我知道你會回來的，」她說：「而且我一直在等你。你不用再多付任何房租了，這裡免費讓你住，你想怎麼樣都行，住樓上樓下。你要怎樣都可以，要我怎麼服侍你，或者你想去別的地方，都可以。」

她沒發現他的臉太過鎮靜，她抓住他的手，把那隻手握向她的心。那隻手毫不抵抗，而且十分乾燥。他頭皮下的頭骨線條平凡，而深深灼傷的眼窩似乎通往他消失其中的那條黑暗隧道。她離他的臉越來越近，深深注視著那雙眼睛，試著看見自己怎樣被欺瞞，或者是什麼欺瞞了她，但她看不到任何東西。她閉上雙眼，看到那針尖般的光，卻如此遙遠，遠到她無法在心裡鎖定那光線。她感覺自己好像被堵在某個入口。她坐在那裡閉著眼睛，卻同時看進他眼裡，而且感覺好像終於抵達某件她無法開始之事的開端，而她看到他越走越遠，越走越遠，直到進入了黑暗中，他也成了那針尖大的光。

小說精選

智慧之血

2017年2月初版　　定價：新臺幣290元

著　　者	Flannery O'Connor
譯　　者	吳　妍　儀
總 編 輯	胡　金　倫
總 經 理	羅　國　俊
發 行 人	林　載　爵

出　版　者	聯經出版事業股份有限公司
地　　址	台北市基隆路一段180號4樓
編輯部地址	台北市基隆路一段180號4樓
叢書主編電話	(02)87876242轉227
台北聯經書房	台北市新生南路三段94號
電　　話	(02)23620308
台中分公司	台中市北區崇德路一段198號
暨門市電話	(04)22312023
台中電子信箱	e-mail：linking2@ms42.hinet.net
郵政劃撥帳戶	第0100559-3號
郵撥電話	(02)23620308
印　刷　者	文聯彩色製版有限公司
總　經　銷	聯合發行股份有限公司
發　行　所	新北市新店區寶橋路235巷6弄6號2樓
電　　話	(02)29178022

叢書編輯	程　道　民
封面設計	高　偉　哲

行政院新聞局出版事業登記證局版臺業字第0130號

本書如有缺頁，破損，倒裝請寄回台北聯經書房更換。　ISBN 978-957-08-4893-9 (平裝)
聯經網址：www.linkingbooks.com.tw
電子信箱：linking@udngroup.com

國家圖書館出版品預行編目資料

智慧之血/Flannery O'Connor著．吳妍儀譯．初版．
臺北市．聯經．2017年3月（民106年）．208面．
14.8×21公分（小說精選）
譯自：Wise blood

ISBN 978-957-08-4893-9（平裝）

874.57　　106001740